LES CAUSERIES

DE

MADEMOISELLE MÉLIN

RÉCITS

SUR LES PETITS DEVOIRS DE SOCIÉTÉ

PAR

MARTHE BERTIN

TOURS

ALFRED MAME ET FILS

ÉDITEURS

LES CAUSERIES

DE

MADEMOISELLE MÉLIN

SÉRIE PETIT IN-8°

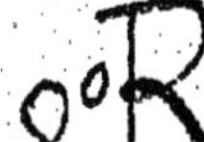

Les petites filles prennent leur ouvrage, et viennent s'assooir autour de Mlle Mélin. (P. 8.)

LES CAUSERIES

DE

MADEMOISELLE MÉLIN

RÉCITS

SUR LES PETITS DEVOIRS DE SOCIÉTÉ

PAR

MARTHE BERTIN

TOURS

ALFRED MAME ET FILS, ÉDITEURS

1883

LES CAUSERIES

DE

MADEMOISELLE MÉLIN

LES PETITS DEVOIRS DE SOCIÉTÉ

I

MADEMOISELLE MÉLIN

Mlle Mélin est la providence des enfants de Souvigny; elle habite le village depuis longtemps, et elle est bien connue de tous.

S'il y a dans une maison un petit malade, elle va le voir, lui raconte des histoires, et lui apprend toutes sortes de jeux.

Elle a un grand jardin qui ouvre sur la place par une porte grillée; à la sortie de l'école, quand les enfants aperçoivent Mlle Mélin, ils viennent la saluer; souvent, lorsqu'ils sont fatigués, ils vont s'asseoir autour d'elle; les petites filles prennent leur ouvrage, tous demandent à Mlle Mélin de leur raconter des histoires, et elle en profite pour leur donner de bons conseils.

Un jeudi, voyant un groupe d'enfants sur la place, Mlle Mélin les appela et leur offrit de venir jouer dans son jardin. Ils acceptèrent avec empressement, et ils allaient entrer quand Mlle Mélin, remarquant parmi eux un petit écolier qui n'avait pas levé sa casquette pour la saluer, les retint :

« Mes amis, dit-elle, j'aime beaucoup les enfants, mais seulement lorsqu'ils sont polis et bien élevés. »

Et s'adressant au coupable :

« Tu devrais savoir, mon petit Bernard, que, lorsqu'on parle à quelqu'un, à une femme surtout, on ôte sa casquette; à la prochaine occasion tu y penseras, n'est-ce pas? »

Bernard rougit beaucoup; dès les premiers mots il avait docilement obéi, et Mlle Mélin le fit entrer avec les autres.

Les voyant ainsi réunis, elle leur dit :

« Vous manquez souvent, comme Bernard vient de le faire, à certains petits devoirs de société que vous ne connaissez pas bien; puisque nous causons si souvent ici, voulez-vous que je vous les apprenne?

— Est-ce difficile? demanda le petit Armand, qui voulait savoir d'abord à quoi il s'engageait.

— C'est très facile, au contraire, dit Mlle Mélin en riant, et nous n'apprendrons pas tout à la fois, rassure-toi. »

Alors les enfants s'assirent sur l'herbe autour de Mlle Mélin, et se préparèrent à écouter.

« Savez-vous, dit-elle, ce qu'on appelle la civilité? »

Ils se regardèrent, et personne ne pouvant répondre, Mlle Mélin continua :

« La civilité, ou politesse, comprend toutes les petites obligations que nous devons remplir pour nous rendre utiles et agréables à ceux qui nous entourent; elle est à l'usage de tout le monde, sans distinction de grands ou de petits, de riches ou de pauvres.

« Et ne croyez pas, mes chers enfants, que ces règles de la civilité soient inutiles.

« Puisque Dieu nous a faits pour vivre tous réunis en société, n'est-il pas bien naturel que nous cherchions à nous rendre mutuellement cette société agréable?

« Ne devons-nous pas tous nous aimer, comme

il nous l'ordonne, nous rendre service, nous aider les uns les autres?

« Le seul moyen de plaire à tout le monde, c'est de se montrer bien élevé et aimable, et vous pouvez y arriver en pratiquant tous ces petits devoirs que je veux vous apprendre. »

II

L'OURS MAL LÉCHÉ

« Pour commencer, reprit Mlle Mélin, je vais vous raconter une fable de Fénelon : *L'Ourse et le petit Ours.*

« Une ourse avait un petit ours qui venait de naître. Il était horriblement laid. On ne reconnaissait en lui aucune figure d'animal; c'était une masse informe et hideuse.

« L'ourse, toute honteuse d'avoir un tel fils, va trouver sa voisine la corneille, qui faisait grand bruit par son caquet sous un arbre.

« — Que ferai-je, lui dit-elle, ma bonne commère, de ce petit monstre ? J'ai envie de l'étrangler.

« — Gardez-vous-en bien, dit la commère. J'ai vu d'autres ourses dans le même embarras que vous. Allez; léchez doucement votre fils; il sera bientôt joli, mignon et propre à vous faire honneur. »

« La mère crut facilement ce qu'on lui disait en faveur de son fils; elle eut la patience de le lécher longtemps. Il commença à devenir moins difforme, et elle alla remercier la corneille en ces termes :

« — Si vous n'eussiez modéré mon impatience, j'aurais cruellement déchiré mon fils, qui fait maintenant tout le plaisir de ma vie. »

« Pouvez-vous me dire, continua Mlle Mélin, ce que signifie cette expression : « Ours mal « léché, » appliquée à une personne?

— C'est une personne qui ressemble à un ourson, » s'écria Armand.

— Et encore à un ourson qui n'est pas léché, avant que sa mère l'ait rendu moins laid.

— Je devine, Mademoiselle. On appelle « ours « mal léchés » les gens grossiers et mal élevés.

— Justement. Et, si bien léché que soit un ours, je ne pense pas que vous trouviez bien flatteur de lui être comparés. Eh bien, c'est à quoi vous vous exposeriez si vous manquiez de politesse.

« La fable de Fénelon vous prouve qu'avec de la persévérance tout se corrige et se perfectionne.

— Je serais très contente d'être bien élevée, dit Aline.

— Moi aussi, s'écria Armand, parce que je ne voudrais pas être appelé un ours. »

III

POLITESSE ENVERS LES PARENTS

« Léon, veux-tu me rendre un service? Garde la maison et allume du feu pour le dîner, pendant que j'irai porter cette corbeille de linge; on l'attend ce soir, et je suis pressée.

— Oh! ça m'ennuie. Tu me donnes toujours quelque chose à faire. Tu peux bien fermer ta porte et allumer ton feu en rentrant. »

En parlant ainsi d'un ton boudeur, Léon passa brusquement devant sa mère; il allait sortir pour rejoindre ses camarades, quand il recula tout à coup d'un air honteux.

Sa petite voisine, Marguerite, venait d'entrer; elle avait tout entendu.

« Allez, Madame, dit-elle d'une voix douce, et ne vous tourmentez pas; je vais allumer votre feu, et Léon m'aidera. »

Tandis que la pauvre femme s'éloignait, Léon, tout interdit, regarda Marguerite.

« Comment oses-tu répondre ainsi à ta mère? dit celle-ci d'un ton indigné. Si tu entendais Mlle Mélin parler de tout ce qu'on doit à ses parents, tu rougirais d'être si ingrat, et de ne pas mieux reconnaître toute la peine que ta mère se donne pour toi en travaillant ainsi du matin au soir.

— Mais que veux-tu que je fasse? dit Léon embarrassé.

— Tu pourrais au moins lui rendre de bon cœur les petits services qu'elle te demande. Tu ne veux pas lui faire le moindre sacrifice, tu es un mauvais fils, continua-t-elle avec animation, et tu n'aimes pas ta mère. »

Léon avait baissé la tête :

« Oh! Marguerite, ne dis pas cela.

— Si, je le dirai, reprit Marguerite avec force, parce que c'est la vérité; tu manques souvent de respect envers ta mère, et tu n'es jamais complaisant pour elle. Tu ne remplis pas ton premier devoir : « Tes père et mère honoreras! » Et il n'est pas difficile pourtant!

« Si tu aimais ta mère, tu serais heureux de lui faire plaisir, de lui rendre service, sans attendre même qu'elle te le demande.

— Mais, Marguerite...

— Ne te défends pas, dit-elle sévèrement. Depuis que tu es au monde, ta mère ne pense qu'à toi, travaille pour toi, et tu n'as jamais su lui prouver ta reconnaissance.

« Tu lui fais beaucoup de peine quand tu lui parles avec insolence, quand tu lui désobéis comme tu le fais à chaque instant, et quand tu montres si peu d'empressement à lui venir en aide. Elle voit bien que tu ne l'aimes pas comme tu devrais l'aimer. »

Marguerite se tut; Léon avait de grosses larmes dans les yeux.

« Je voudrais être un bon fils, murmura-t-il tout repentant, dis-moi ce qu'il faut faire.

— Eh bien, dit Marguerite, quand tu auras allumé le feu et tout préparé pour ta mère, je te lirai une jolie histoire dans un livre que Mlle Mélin m'a donné, et je suis sûre que tu voudras ressembler au bon Paul. »

Marguerite courut chercher son livre, et, quand tout fut prêt, ils s'établirent dans un coin pour lire en attendant le retour de la mère.

IV

LE BON FILS

Paul était aimé de tous ceux qui le connaissaient, parce que c'était l'enfant le plus poli et le mieux élevé qu'on pût rencontrer. Il avait beaucoup de qualités, et avant tout il était bon fils.

Son père et sa mère étaient employés dans une fabrique. Souvent la mère rentrait fatiguée, et pourtant il fallait encore soigner le ménage et préparer tout ce qui était nécessaire à son mari et à son fils; aussi le bon petit Paul n'avait-il qu'une pensée : aider sa mère de tout son pouvoir.

Le matin, il se levait le premier, il allait chercher le bois et l'eau, et quand sa mère se levait à son tour, elle n'avait plus qu'à préparer le repas.

Il doublait le prix de ses moindres attentions par la bonne grâce qu'il y apportait, et n'était jamais plus joyeux que lorsqu'il pouvait rendre service à ses parents.

Aussi, malgré leur pauvreté, ceux-ci étaient heureux, entourés ainsi des soins de leur enfant; ils lui devaient bien des joies, car il saisissait toutes les occasions de leur procurer son affection.

Il ne négligeait aucun devoir de politesse envers eux. Au jour de l'an, il leur offrait tendrement ses souhaits; il fêtait joyeusement aussi leurs anniversaires, et, grâce à lui, il y avait d'heureuses journées dans la pauvre maison.

Quelquefois cependant Paul méritait des reproches; mais jamais on ne l'entendait faire une réponse insolente; il était toujours attentif aux conseils de son père, et les recevait avec reconnaissance.

Un jour, il se laissa entraîner par un camarade; ils firent une longue course, s'attardèrent, et la nuit les surprit encore loin de chez eux.

« Nous serons grondés! disait Paul en pressant le pas.

— Bah! dit l'autre, tant pis, ce sera bientôt passé.

— Oh! non, je n'aime pas à me faire gronder; et puis je suis sûr que ma mère est tourmentée, et je suis bien fâché d'avoir été si loin.

— Nous dirons que ce n'est pas notre faute, que nous nous sommes perdus.

— Jamais! dit Paul, repoussant avec énergie cette proposition; je ne veux pas faire de mensonge à mes parents. »

Quand Paul rentra, sa mère était, en effet, très inquiète, et son père le gronda sévèrement. Il ne chercha pas à s'excuser; il reconnut ses torts, et se montra si désolé d'avoir causé un chagrin à sa mère, que sa faute lui fut pardonnée lorsqu'il promit bien sincèrement de ne plus la renouveler.

La mère de Léon était rentrée sans que les enfants s'en fussent doutés, et elle avait entendu aussi la lecture de Marguerite; tout à coup Léon l'aperçut et se jeta à son cou en pleurant.

« Veux-tu être un bon fils comme Paul? dit sa mère en l'embrassant. Je n'ai que toi au monde, et je serai heureuse ou malheureuse selon que tu seras bon ou mauvais pour moi.

— Oh! maman, s'écria Léon à travers ses larmes, je ne veux plus te faire de chagrin, tu verras que je t'aime bien. » Et Léon tint sa promesse, car il aimait en effet sa mère; il n'était pas un mauvais fils, mais son manque de politesse avait suffi pour lui en donner les apparences.

V

POLITESSE ENVERS LES PERSONNES AGÉES

Matthieu, le grand-père de Philippe, est jardinier. Quoique âgé, il peut encore travailler, et Mlle Méli l'emploie assez souvent dans son jardin.

Un jeudi, les enfants, arrivant devant la grille, trouvèrent la porte ouverte et entrèrent.

Le temps était très chaud; aussi Mlle Mélin, les appelant dans une grande salle, leur proposa de causer d'abord et de jouer après, quand le soleil serait moins brûlant.

Elle les fit asseoir, et les petites filles prirent leur ouvrage.

Ils étaient là depuis un instant quand on frappa à la porte; le vieux jardinier entra. Il travaillait depuis quelques heures, et son visage ruisselait de sueur; il était courbé par l'âge et par la fatigue.

Mlle Mélin lui fit une question; le pauvre homme ne l'entendit pas, et traversa lentement la salle sans répondre.

Alors les enfants le suivirent des yeux en chuchotant, les petites filles se cachant pour ricaner derrière leur ouvrage, les garçons ne se cachant même pas.

Mlle Mélin se leva ; elle regarda sévèrement les enfants, et voyant Philippe assis au milieu d'eux :

« Lève-toi, dit-elle, et offre ta chaise à ton grand-père. »

Le vieillard la remercia; il ne voulait pas se reposer encore, son ouvrage n'était pas terminé; il prit un outil qu'il était venu chercher, et retourna au jardin.

Mlle Mélin était mécontente, les enfants le voyaient bien.

« Vous ferez des excuses à Matthieu avant qu'il ait quitté ma maison, dit-elle sévèrement.

— Pourquoi donc ? balbutièrent quelques enfants.

— Parce que vous avez manqué de politesse envers lui; vous deviez vous lever et le saluer; de plus, je l'ai bien vu, vous vous êtes permis de rire de ses infirmités, et c'est plus qu'une impolitesse, c'est un manque de cœur.

« Ces infirmités sont causées par l'âge; elles

lui occasionnent des souffrances et des privations, et doivent exciter votre pitié et non vos moqueries. »

Les enfants baissaient la tête avec confusion.

« Vous êtes tous coupables, reprit Mlle Mélin, et Philippe l'est plus encore que les autres ; si toutes les personnes âgées ont droit à votre respect, vos grands parents y ont plus de droits encore.

« Écoutez à ce sujet une petite histoire que j'ai à vous raconter. »

VI

LE BATON DE VIEILLESSE

« Sur le chemin de l'école où se rendent chaque jour la petite Marianne et son frère Louis, il y a une maisonnette avec des volets verts.

« A l'heure de la classe, une fenêtre s'ouvre, et l'on y voit apparaître le grand-père de Louis et de Marianne. En passant, les enfants regardent toujours à cette fenêtre, et quand ils aperçoivent leur grand-père ils poussent un cri de joie et s'élancent ensemble vers la porte de la maisonnette.

« Louis ôte son petit bonnet, Marianne prend la main de son grand-père, et tous deux disent gaiement :

« — Bonjour, grand-papa.

« L'aïeul les embrasse en souriant, et toute la journée il est heureux en pensant aux chers petits écoliers qu'il verra accourir de nouveau le soir, quand la classe sera finie.

« Les jours de fête, Louis va se promener avec son grand-père; tous ses petits camarades saluent respectueusement le vieillard et lui font place, car rien n'impose le respect comme d'en donner soi-même l'exemple.

« Les mamans qui le voient passer sourient à Louis et disent tout haut :

« — Voilà le grand-père heureux : il s'appuie « sur son petit bâton de vieillesse ! »

VII

LE BATON DE VIEILLESSE (SUITE)

Les enfants restaient silencieux.

« Venez, dit Mlle Mélin en se levant, venez réparer votre faute. »

Le père Matthieu se reposait sur un banc; son ouvrage était fini.

« Votre petit-fils et tous ses camarades viennent s'excuser auprès de vous, lui dit Mlle Mélin; ils ont été impolis pour vous tout à l'heure, voulez-vous le leur pardonner ?

— Oh ! oui, Mademoiselle, et de grand cœur ! » fit doucement Matthieu.

Philippe, tout rougissant, s'approcha le premier; son grand-père le prit dans ses bras et l'embrassa tendrement.

L'indulgence et la bonté du vieillard augmentèrent les remords des enfants; Philippe se mit à pleurer, les autres s'excusèrent après lui, et Mlle Mélin vit bien que leur repentir était sincère.

« N'oubliez pas, leur dit-elle, que vos chers parents seront vieux un jour ; combien il vous serait pénible de les voir traiter sans respect !

« Donnez donc partout la meilleure place aux personnes âgées, écoutez-les avec déférence, ne leur parlez que respectueusement. Quand vous voyez un vieillard fatigué, aidez-le, prêtez-lui vos forces, montrez-vous pour lui complaisants et empressés. »

Le soir, les enfants rencontrèrent sur le chemin le grand-père de Philippe, qui rentrait chez lui ; il était chargé de tous ses outils et marchait péniblement.

« Donnez-moi tout cela, grand-père, dit Philippe, je vais vous le porter. »

François et Pierre voulurent aussi l'aider ; ils se partagèrent les outils, et reconduisirent le vieillard jusqu'à sa maison.

VIII

POLITESSE ENVERS LES MAITRES

Les enfants étaient engagés dans une grande discussion. Gilbert avait été, ce jour-là, puni par son maître, et soutenait contre tous qu'il n'avait pas mérité sa punition.

« J'avais raison ! répétait l'entêté; mais il est injuste, il me donne toujours tort !

— C'est de ton maître que tu parles? fit Marguerite; eh bien ! tu es poli ! »

Marguerite, l'aînée de la bande, était une bonne petite fille, déjà raisonnable, et qui ne se gênait pas pour gronder un peu les autres quand elle le jugeait bon.

« Que s'est-il donc passé? » reprit-elle.

Gilbert refusa de répondre; les autres ne voulaient pas accuser leur camarade; pourtant Pierre raconta que, Gilbert n'ayant pas su ses leçons, et le maître lui ayant fait des reproches, il lui avait répondu avec insolence et avait été puni pour cela.

« Tu trouves cela injuste? dit Marguerite. Le maître a eu bien raison de te punir, au contraire, et de ne pas te permettre de lui manquer de respect.

— Pourquoi me gronde-t-il toujours? s'écria Gilbert avec humeur; crois-tu que c'est agréable d'être grondé?

— Tiens! dit Marguerite avec malice, il paraît que cela t'arrive souvent! Pourtant, si tu trouves cela ennuyeux, tu ne devrais pas t'y exposer; le maître est bien obligé de gronder quand nous le méritons; c'est son devoir à lui de nous reprendre, et nous devons l'écouter avec respect, et non lui répondre avec insolence et parler mal de lui ensuite.

— Comme tu prêches bien, Marguerite! dit Gilbert d'un air vexé.

— Elle ne prêche pas, s'écria Pierre, prenant la défense de Marguerite, elle te dit seulement quelques vérités qui te déplaisent. Moi j'aime beaucoup mon maître, et quand je quitterai l'école pour entrer en apprentissage, je le regretterai.

— Ne te désole pas pour si peu, dit Gilbert en ricanant, tu auras un autre maître à aimer.

— Je le sais bien, répondit Pierre tranquillement, et je serai toujours poli et respectueux pour lui, puisqu'il se donnera la peine de m'apprendre son métier.

— Pierre a raison, s'écria Marguerite, et c'est un bon garçon; nos maîtres nous instruisent et nous apprennent à gagner notre vie, nous devons leur en être reconnaissants. Ce n'est pas, d'ailleurs, si difficile d'être poli.

— Gilbert ne l'est guère, dit alors la petite Aline, trouvant que le moment était venu de se mêler à la discussion; hier il jouait avec nous sur la place, le maître d'école est passé, et il ne l'a pas salué.

— Je n'avais pas besoin de le saluer.

— Comment! fit Marguerite, tu ne comprends pas que tu dois cette politesse à ton maître?

— Tu es mal élevé! » dit la petite Aline d'un ton grave qui les fit tous éclater de rire.

Gilbert, riant aussi malgré lui, s'approcha de la petite fille.

« Puisque tu es si savante, s'écria-t-il d'un ton moqueur, apprends-moi donc pourquoi je suis mal élevé. »

Aline était devenue toute rouge; mais, reprenant courage, elle riposta vivement :

« Je peux te le dire mieux que tu ne crois :

Il faut saluer son maître quand on le rencontre, tu ne le fais pas. Il faut lui répondre respectueusement, tu lui réponds des insolences. On ne doit pas mal parler de lui, tu l'as fait tout à l'heure. Il faut l'écouter quand il explique les leçons, et tu ne l'écoutes pas, puisque tu ne les sais jamais, et que tu te fais punir. Voilà ! » dit la petite fille, toute fière d'avoir tant parlé.

Gilbert ne trouva rien à dire et s'éloigna tout penaud.

« Bravo ! crièrent tous les enfants riant de plus belle.

— Bravo ! petite Aline, » dit une voix derrière elle ; et Mlle Mélin, qui venait d'arriver, embrassa la petite fille.

Puis elle rappela Gilbert et rétablit la paix entre tous les enfants.

IX

LE JEUNE APPRENTI

Les enfants mirent Mlle Mélin au courant de ce qui s'était passé; elle encouragea Marguerite et Pierre dans les bons sentiments qu'ils venaient de montrer, et tandis que les enfants riaient encore de la vive leçon que la petite Aline avait faite à Gilbert, elle ajouta :

« On ne peut que gagner à être poli en toute circonstance, et, pour vous le prouver, je vais vous raconter l'histoire d'un apprenti qui doit à sa politesse d'être établi aujourd'hui très avantageusement.

« Son maître l'emmena un jour dans une maison en réparation, pour qu'il l'aidât dans son travail. Au bout de quelques instants, le propriétaire de la maison appela le menuisier dans une pièce voisine, et celui-ci sortit en disant :

« — Allons, Joseph, essaye de t'en tirer sans moi. »

« Joseph n'était pas très habile encore; quoiqu'il s'appliquât beaucoup, il ne faisait pas grande besogne, et quand le maître revint, il trouva le jeune ouvrier presque au point où il l'avait laissé.

« — Tu t'es amusé à autre chose! » dit-il sévèrement.

« Le reproche n'était pas mérité, pourtant l'enfant ne montra pas d'humeur.

« — Mais non, patron, dit-il en souriant; seulement je suis maladroit, j'ai besoin de vous regarder faire encore. »

« Le propriétaire avait assisté à cette scène; la réponse de Joseph lui plut, et il fit au menuisier quelques questions sur son apprenti.

« — C'est un brave enfant, il a un bon caractère, répondit le maître; aussi nous l'aimons bien, et quand il aura fait son tour de France, s'il veut revenir chez moi, ma porte lui sera ouverte.

« — Et quand il voudra s'établir je l'aiderai, dit le propriétaire; j'aime les gens polis et bien élevés! »

« Si Joseph s'était montré insolent ou maussade, le propriétaire ne se serait pas intéressé à lui, et son maître n'aurait pas été disposé à faire son éloge. Mais sa politesse venait de lui procurer deux amis; par sa bonne conduite, il mérita de conserver leur protection, et comme il est laborieux et rangé, il est aujourd'hui à la tête d'une bonne maison. »

X

ENTRE FRÈRES ET SOEURS

Mlle Mélin était retenue chez elle; les enfants l'attendaient depuis assez longtemps lorsqu'elle put venir les rejoindre.

Tandis qu'elle traversait le jardin, le bruit d'une violente querelle arriva jusqu'à elle.

Une voix aiguë, qui dominait toutes les autres, cria tout à coup :

« Ce n'est pas vrai, menteuse !

— Menteuse toi-même ! »

Elle entendit le bruit d'un soufflet, puis des cris perçants, et la petite Jeanne, la plus jeune de la bande, courut au-devant d'elle en disant d'un air effrayé :

« Louise et Marie se battent, Mademoiselle ! »

Les deux sœurs se pinçaient et se tiraient les cheveux de toutes leurs forces ; les autres petites filles essayaient de les calmer et de les séparer.

Mlle Mélin pressa le pas.

A sa vue, les deux combattantes s'arrêtèrent. Elles se cachèrent la figure et restèrent immobiles devant elle.

« Je vois, dit Mlle Mélin, que vous êtes confuses de ce que vous venez de faire, et c'est bien honteux, en effet, de se traiter entre sœurs de cette façon !

« Racontez-moi cette grosse dispute.

— Elle m'a appelée menteuse ! s'écria la plus petite avec ressentiment.

— Je le sais, et tu lui as riposté pareillement; mais dites-moi seulement le sujet de la querelle.

— J'ai voulu lui prendre son dé, qu'elle ne voulait pas me prêter, dit Louise timidement.

— Oh ! le gros crime ! Et c'est pour si peu que vous êtes arrivées à vous parler si grossièrement et à vous battre !

« Vous avez tort toutes deux; n'y avait-il pas un moyen d'éviter cette vilaine querelle?

— Si Marie avait été complaisante, elle m'aurait prêté son dé, s'écria Louise encore très animée, et rien de tout cela ne serait arrivé.

— Si tu n'avais pas essayé de le prendre de force, je ne me serais pas fâchée, dit Marie à son tour.

— Vous le voyez donc, avec un peu de complaisance et de douceur vous auriez évité cette querelle. Mais un mauvais procédé en appelle un autre, et vous en êtes venues à cette extrémité, une bataille entre deux petites filles, ce qui est mal et blâmable, et entre deux sœurs, ce qui est odieux.

— C'est Marie qui a commencé! dit Louise.

— Oh! Louise, s'écria Marguerite, c'est bien vilain d'accuser ta sœur.

— Tu es une rapporteuse! » dit Marie.

Louise se mit à pleurer.

« Allez-vous recommencer à vous disputer? dit sévèrement Mlle Mélin; que pouvons-nous penser, sinon que vous ne vous aimez pas?

— Mais nous nous aimons bien, Mademoiselle, s'écria Louise en sanglotant; seulement nous ne pouvons jamais nous entendre!

— Tiens! s'écria Pierre, c'est une drôle de façon de s'aimer!

— Savez-vous pourquoi vous ne pouvez vivre en bonne harmonie? reprit Mlle Mélin; c'est que vous ne savez pas être aimables et polies entre vous.

— Oh! Mademoiselle, s'écria Aline, est-ce la peine d'être polis entre frères et sœurs?

— Est-ce la peine aussi, dit Mlle Mélin en

imitant la petite fille, de s'emporter en paroles aigres, en termes méprisants, à la moindre contestation? Vous venez d'avoir pourtant un bel exemple de ce qui en résulte.

— Je comprends, reprit Aline; si on était toujours poli, on n'en viendrait jamais aux injures, et il n'y aurait pas de querelles.

— Tu vois donc qu'il ne faut jamais, en aucune circonstance, se croire dispensé de politesse.

— Pourtant, s'écria Marie, on ne peut pas être toujours du même avis.

— Non, s'écria Pierre en riant, surtout quand l'un demande un service que l'autre n'est pas disposé à rendre.

— Justement, reprit Mlle Mélin avec un sourire; mais si vous le demandiez poliment, et si vous le rendiez de bonne grâce, vous arriveriez certainement à vous entendre.

« L'affection entre frères et sœurs doit vous enseigner tout naturellement la vraie politesse, et vous porter à être toujours doux et aimables les uns pour les autres. Faites-le, vous vous en aimerez davantage, et vous y gagnerez de bonnes habitudes dans votre langage et vos manières. »

XI

ENTRE CAMARADES

« Les petites filles ont très mauvais caractère, s'écria Gilbert après un moment de silence; elles ne peuvent pas être ensemble dix minutes sans se disputer. »

Marguerite leva vivement la tête.

« Et vous donc, Messieurs les garçons ! vous ne jouez pas cinq minutes sans vous battre et sans vous dire de très vilains mots.

— Ce n'est pas la même chose. On se donne un petit coup de poing, et c'est fini, on n'y pense plus.

— Le *petit coup* de poing est pourtant de trop ! » remarqua Mlle Mélin en riant.

Marguerite était décidée à tenir tête à Gilbert; elle reprit la parole :

« Tu dis cela ! Pourtant hier il y avait sur la

place une telle bataille que j'ai eu peur. Pourquoi vous battiez-vous? Était-ce par politesse? »

Les autres petites filles se mirent à rire. Gilbert fut un instant décontenancé :

« Nous faisions une partie de billes, et ceux qui perdaient nous cherchaient querelle.

— Je le sais bien, reprit Marguerite. J'entendais crier : Oui, vous êtes des tricheurs, et nous ne jouerons plus avec vous! Et des coups!... et tous les vilains noms que vous vous donniez!

« Je te conseille de ne plus parler des petites filles, vous êtes très grossiers entre vous.

— Ce serait drôle aussi de faire des cérémonies quand on joue, et d'appeler un camarade *monsieur!*

— Il n'est pas nécessaire de s'appeler *monsieur* entre camarades pour être poli, remarqua Mlle Mélin, puisque vous vivez tous ensemble dans une bonne intimité; mais ce n'est pas une raison non plus pour se maltraiter, se permettre des injures et se battre.

« De bons camarades doivent vivre entre eux comme les frères et sœurs, en bonne intelligence, et cela n'est possible qu'avec de la politesse. »

La petite Jeanne, qui n'était pourtant pas brave, donna aussi son avis.

« Moi je trouve les garçons très brusques et

très méchants, fit-elle de sa petite voix douce; ils se font servir par les petits quand ils se sentent les plus forts, et les battent pour les forcer à leur obéir.

— Voyez-vous! s'écria Pierre, cette petite Jeanne, qui vient aussi dire du mal de nous!

— Elle a bien raison, dit Marguerite, vous abusez toujours de votre force pour tyranniser les autres; dans vos jeux, vous ne savez que crier, vous battre, et faire du mal à ceux qui vous entourent! Ce sont de mauvaises habitudes, et vous êtes mal élevés; n'est-ce pas, Mademoiselle?

— Calmez-vous, dit Mlle Mélin, vous finiriez par vous disputer, et je ne le permettrai pas. Tu n'es pas généreuse, Marguerite, en faisant aux garçons de si vifs reproches; et pourtant je suis forcée de dire qu'ils sont mérités; j'ajouterai même, pour en finir sur ce sujet, qu'un enfant brutal montre peu de cœur, car il fait souffrir volontairement les autres, et ce manque de charité envers le prochain est plus grave encore qu'un manque d'éducation.

« Mais les enfants mal élevés sont les seuls qui se battent; ce vilain défaut de la brutalité vient aussi d'un manque de politesse, ce qui vous prouve, une fois de plus, la nécessité d'être toujours polis. »

XII

GERVAIS LE BRUTAL

« Gervais se promenait un jour avec son frère André sur un chemin bordé d'un fossé large et profond.

« — Jouons au cheval, dit-il tout à coup; tu seras le cheval pour commencer. »

« André y consentit; il était habitué à obéir à son frère.

« Cependant il se lassa bientôt du jeu; Gervais le menait avec sa brusquerie ordinaire, le fatiguant sans pitié et lui donnant de grands coups de baguette.

« — A ton tour! dit-il, je ne veux plus être le cheval. »

« Gervais ne voulut pas y consentir; une querelle s'engagea, et Gervais, s'élançant sur son frère dans un mouvement de colère, le poussa si rudement qu'André roula dans le fossé en jetant un grand cri.

Sa tête avait porté contre une pierre; il resta étendu sans connaissance au fond du fossé.

« Alors Gervais eut peur; il s'enfuit en appelant au secours.

« On accourut; on emporta le pauvre André, qui fut très gravement malade et pendant longtemps.

— Gervais pouvait tuer son frère! dit la petite Jeanne, très émue de cette histoire.

— Oui, et c'est affreux à penser; voilà à quoi peuvent exposer la colère et la brusquerie !

— Mais cela, Mademoiselle, ce n'est plus de l'impolitesse, du manque de civilité, s'écria Pierre, c'est de la méchanceté.

— C'est vrai. Peut-être, cependant, Gervais n'était-il pas aussi mauvais que vous le croyez, et sans doute il a regretté amèrement d'avoir causé de telles souffrances à son frère. Mais combien de vous, sans être réellement méchants, font le mal dans un moment de brusquerie et s'en repentent après !

« Vous éviterez beaucoup de vilaines actions et bien des remords en vous habituant à parler et à agir poliment, sans vous permettre jamais ces manières rudes et vulgaires qui mènent à la brutalité. »

XIII

POLITESSE ENVERS LES ÉTRANGERS

Un jour, comme les enfants couraient dans le jardin de Mlle Mélin, celle-ci les appela.

Elle tenait par la main une fillette d'une dizaine d'années.

« Voici, dit-elle, ma filleule, Adèle, qui voudrait jouer avec vous; emmenez-la. »

Les enfants regardèrent curieusement la petite fille, sans dire un mot ni faire un mouvement vers elle.

Adèle devint toute rouge et fut très intimidée.

« Eh bien! dit Mlle Mélin, est-ce ainsi que vous accueillez votre nouvelle amie? Vous n'êtes pas aimables! »

Marguerite comprit le reproche; elle s'avança enfin vers la petite fille :

« Venez avec nous, » dit-elle tout bas; elle lui prit la main et l'emmena. Mais le jeu interrompu ne fut pas repris; les enfants entouraient la nouvelle venue, ne sachant que lui dire; enfin les garçons, cessant de s'en occuper, se remirent à jouer entre eux. Au bout de quelques instants, Mlle Mélin vint au jardin. Aussitôt qu'elle l'aperçut, Adèle courut se réfugier près d'elle; elle se sentait très malheureuse au milieu de ces petites filles qui se contentaient de la regarder sans lui dire un mot.

Mlle Mélin rappela les garçons, et quand tous les enfants se furent rapprochés, elle leur dit en souriant :

« Vous voilà troublés et interdits parce que vous avez parmi vous cette petite inconnue! Je viens de vous la confier, et vous ne savez pas lui faire bon accueil!

— Mademoiselle, murmura Aline, nous n'osions pas.

— J'espère qu'en effet vous êtes coupables de timidité seulement, mais cette timidité-là est mauvaise; il faut vous en corriger et apprendre à accueillir de bonne grâce les nouveaux camarades qui se présentent à vous. Ne comprenez-vous pas qu'il eût été au moins poli de recevoir cette nouvelle amie de votre mieux, de la mettre à l'aise au milieu de vous tous qu'elle ne connaît pas, et de lui donner une place dans votre jeu?

« Vous avez oublié le précepte : « Ne faites pas « aux autres ce que vous ne voudriez pas qu'on « vous fît à vous-mêmes! » Que penseriez-vous si vous vous trouviez dans la position où vous mettez Adèle? »

Chacun regarda son voisin d'un air embarrassé, et personne ne répondit.

« Marie, dit Mlle Mélin, s'adressant particulièrement à celle-ci, réponds-moi franchement.

— Eh bien, dit Marie en rougissant, je serais certainement très gênée, et je me dirais : « Ils ne « sont pas aimables, ils me recoivent bien mal. »

— Ce serait la vérité, dit Mlle Mélin; tu préférerais, n'est-ce pas? trouver de gentils camarades, t'accueillant avec empressement et te montrant par leurs prévenances qu'ils désirent t'être agréables?

« J'espère qu'Adèle ne gardera pas de vous une mauvaise opinion, et que vous saurez lui faire oublier la mauvaise réception que vous lui avez faite d'abord.

« C'est une sorte d'hospitalité qu'elle vous demande, sachez l'exercer.

«Apprenez à accueillir gracieusement les étrangers quand ils se recommandent à vous, et à vous montrer bienveillants et empressés pour vos nouveaux camarades. »

Les enfants comprenaient maintenant ce qu'ils devaient faire pour réparer leurs torts envers Adèle.

Après un instant d'hésitation, Marguerite s'avança vers elle, et cette fois elle l'embrassa. Les autres petites filles lui demandèrent d'en faire autant, puis Aline la fit asseoir près d'elle sur le banc.

« Voulez-vous jouer avec ma poupée? dit-elle gentiment, je vous la prêterai, et nous nous amuserons ensemble. »

XIV

LA VRAIE POLITESSE

« Qui peut me dire en quoi consiste la vraie politesse? »

Et Mlle Mélin regarda les enfants; tous se taisaient, ne sachant comment s'expliquer.

« Que faut-il faire pour être toujours poli? » reprit Mlle Mélin.

Bernard se hasarda alors à dire, tout en rougissant et d'un air embarrassé :

« Il faut ôter sa casquette quand on parle à quelqu'un.

— C'est très bien, mon petit Bernard, dit Mlle Mélin en souriant, tu n'as pas oublié ma première leçon; mais croyez-vous qu'il suffise, pour être poli, d'ôter son chapeau devant les personnes que l'on connaît?

— Non, Mademoiselle, dit Philippe, encouragé par l'exemple de Bernard, il faut être respectueux pour ses parents, pour les personnes âgées...

— Complaisants et aimables pour ses frères et sœurs, dit Louise.

— Et pour tous ses camarades, ajouta Gilbert.

— Bien, dit Mlle Mélin, les approuvant à mesure qu'ils parlaient, vous n'oubliez rien et vous savez, je pense, ce qu'est la vraie politesse.

« Elle comprend bien des devoirs envers le prochain, et pour obéir à ce commandement de Dieu : « Aimez votre prochain comme vous-« mêmes, » il faut s'efforcer de remplir ces devoirs. D'ailleurs, quand une personne est réellement bonne elle est toujours polie, car elle cherche tout naturellement, non seulement à éviter ce qui peut gêner ou peiner les autres, mais encore à faire ce qui peut être utile ou agréable à tous.

« Vous le voyez, mes enfants, la politesse est le premier parmi les petits devoirs de société, car tous les autres s'y rattachent; vous le comprendrez bientôt, et vous en reconnaîtrez alors l'utilité. »

XV

LA MOQUERIE ET LES PLAISANTERIES

Mlle Mélin avait acheté un livre de contes pour les enfants, et, un jour, comme il faisait trop chaud pour courir, elle le leur donna pour être lu à haute voix, par chacun d'eux à tour de rôle.

Cette nouveauté plut beaucoup aux enfants; ils s'assirent en silence, et Marguerite commença.

Elle lut quelques pages, puis elle passa le livre à Pierre.

Pierre s'intimida et se troubla tant qu'il fit une quantité de fautes.

Bernard était taquin, il aimait à se moquer des autres, il se mit à rire et prit plaisir à relever par ses moqueries chaque faute que faisait Pierre.

Celui-ci, après avoir fait bonne contenance pendant quelque temps, perdit patience à la fin, et, passant le livre à Bernard, il lui dit vivement :

« Tu dois lire très bien, toi qui te moques des autres; lis donc.

— Pierre a raison, s'écrièrent les enfants, Bernard le trouble et interrompt l'histoire à chaque instant; ce n'est pas poli, n'est-ce pas, Mademoiselle ?

— Non, dit Mlle Mélin, Bernard est moqueur, c'est un vilain défaut qui le fera détester; il vient de manquer de charité et, comme vous avez su le remarquer, de politesse.

— Comment! Mademoiselle, s'écria François, nous ne pouvons pas plaisanter entre nous?

— Je croyais, dit à son tour Marie, que les plaisanteries et la moquerie nous étaient défendues seulement vis-à-vis des personnes que nous devions respecter, comme nos parents, les personnes âgées, nos maîtres...

— Et les infirmes, dit la petite Jeanne, ce sont les mauvais cœurs qui se moquent des infirmes; c'est très mal. »

Mlle Mélin les écoutait.

« Marie et Jeanne ont raison, dit-elle; vis-à-vis des personnes que vous devez respecter ou plaindre, les plaisanteries seraient non seulement déplacées, mais odieuses; et j'espère que vous ne vous permettriez pas de le faire. Et, même entre vous, trouvez-vous agréable de vous voir tourner en ridicule?

— Non, dit Pierre, qui venait de l'éprouver, je crois que personne n'aime cela.

— Eh bien! si pour vous amuser vous plaisantez entre vous, prenez garde au moins de ne jamais le faire de façon à peiner quelqu'un; il y a des plaisanteries gaies et inoffensives, mais il y en a qui souvent blessent celui qui en est l'objet.

— A l'école, dit François, j'ai un voisin qui passe son temps à se moquer de tout le monde et à faire de mauvais tours.

— A-t-il beaucoup d'amis?

— Oh! non, Mademoiselle; tous ceux dont il se moque le détestent.

— C'est un exemple pour vous. Évitez donc cette mauvaise habitude, vous vous feriez des ennemis et vous passeriez pour des enfants sans cœur et sans éducation.

« Maintenant revenons à notre conte; Bernard va lire à son tour. »

Bernard prit le livre, mais bientôt il s'interrompit, tout penaud.

Il faisait tant de fautes qu'il s'attendait à recevoir toutes sortes de quolibets.

Il regarda Pierre, et tous les autres, voyant son

embarras se mirent à rire; mais Pierre fut généreux, il se contenta de dire en souriant :

« Tu vois, souvent on se moque de son voisin et on ne sait pas faire mieux soi-même; une autre fois tu seras indulgent, pour mériter l'indulgence à ton tour. »

XVI

L'ORDRE ET LA PROPRETÉ

Julie arrivait en courant, échevelée; un de ses souliers était détaché et un large accroc traversait sa robe.

« D'où viens-tu? s'écria Marguerite, et comment t'es-tu mise en cet état ?

— C'est en jouant. »

Et comme Marguerite lui montrait l'accroc fait à sa robe et la poussière qui la couvrait :

« Oh! cela ne fait rien, dit Julie, c'est une vieille robe.

— Ce n'est pas une raison pour te montrer en cet état; nous avons toutes bien joué, mais nous ne sommes pas en désordre comme toi.

— Je ne suis pas une coquette comme Aline, s'écria Julie d'un ton boudeur, en désignant la toilette propre et soignée de celle-ci.

— Aline n'est pas une coquette, elle est soigneuse; la propreté n'est pas la même chose que la coquetterie; moi je ne voudrais pas me montrer aux autres avec des vêtements sales et déchirés; je ne suis pas non plus une coquette, mais il faut bien être convenable.

— Certainement, dit Pierre; quand j'ai une visite ou une commission à faire chez quelqu'un, je mets mes plus beaux habits, je me lave, je me peigne, et je tâche d'être aussi propre que possible.

— A quoi cela sert-il? fit Julie avec insouciance.

— Mais, reprit Marguerite vivement, ce n'est pas poli de se présenter chez quelqu'un avec des mains sales, par exemple, ou des souliers pleins de boue ou de poussière. Crois-tu qu'il soit agréable, quand on a une maison propre, qu'un enfant vous y apporte toute la boue ou la poussière de la rue, qu'il salisse les meubles en s'y asseyant ou en y touchant?

— Et même, dit Pierre, qui riait, crois-tu qu'il soit agréable de se trouver en face d'une personne sale et mal peignée, couverte de taches? Pouah!... fit-il avec une grimace de dégoût, je n'aime pas les gens malpropres.

— Personne ne les aime, dit Marguerite, et

c'est bien humiliant d'inspirer ce sentiment de dégoût ; comment ne le comprends-tu pas ?

— Tout cela est facile à dire, s'écria Julie d'un ton boudeur; mais, quand on n'est pas riche et qu'on n'a pas de beaux habits, on ne peut pas avoir l'air propre.

— Quelle idée ! reprit Marguerite ; ma robe est aussi vieille que la tienne; mais, comme je la raccommode avec soin et que je la brosse bien, elle paraît toujours propre et elle est en bon état.

« Il n'y a rien de plus facile que d'être propre, au contraire, et même aux vêtements les plus simples et les plus vieux on peut donner un air convenable. Seulement il faut un peu de soin; pourquoi n'en as-tu pas?

— Fais attention en jouant, remarqua la petite Aline ; essaye de ne pas te salir et de ne pas te déchirer.

« Vois comme ta pauvre robe est en lambeaux ; tu vas donner bien de la peine à ta mère.

— Sans compter, dit Pierre, qui aimait toujours à placer son mot, que tu dois lui faire dépenser beaucoup d'argent par ton désordre.

— Voyons, dit Marguerite avec bonté, nous l'avons assez grondée, il faut maintenant l'aider à réparer le mal. Remets un peu d'ordre à tout cela; je vais te prêter une aiguille et du fil, et tu raccommoderas toi-même l'accroc que tu as fait à ta robe. »

XVII

LA TOILETTE

« Est-ce vrai, Mademoiselle, que la propreté est nécessaire à la santé?

— Certainement, et c'est facile à comprendre.

— Mais oui, s'écria François, et la preuve, c'est qu'en temps d'épidémie la police est très sévère pour la propreté des villes.

— Et que les médecins recommandent aussi une grande propreté sur soi et dans les maisons.

— Je crois bien! s'écria Pierre à son tour, les rues ou les maisons sales sont très malsaines; il y a toutes sortes de mauvaises odeurs qui empestent l'air.

— Certains peuples, dit alors Mlle Mélin, sont d'une saleté révoltante; aussi sont-ils sujets à une foule de maladies, surtout à d'affreuses maladies de peau, et les épidémies font chez eux de grands ravages.

— Tant pis pour eux! dit Pierre en riant; pourquoi sont-ils si sales?

— Je connais bien des enfants, parmi les plus civilisés, qui ne sont pourtant pas très propres; et parmi vous, bien peu, je le crains, savent faire leur toilette soigneusement. Êtes-vous paresseux le matin? » Tous se mirent à rire; beaucoup devinrent rouges.

« C'est que, trop souvent, vous êtes malpropres par paresse; on se lève le plus tard possible, et alors on rattrape sur le temps destiné à la toilette celui qu'on a perdu dans son lit.

— Mademoiselle, dit Armand, je ne suis pas paresseux, mais c'est bien dur de se laver l'hiver, quand il fait très froid!

— C'est vrai, dirent les autres en riant.

— Alors c'est faute d'un peu de courage que vous êtes malpropres! Avez-vous essayé de bien vous laver à l'eau froide, même quand il fait très froid?

— Oh! Mademoiselle, s'écria Philippe en riant, cela me fait grelotter rien que d'y penser.

— Pourtant rien n'est plus sain, et quand on en a pris l'habitude, cela devient un plaisir et une nécessité.

— Eh bien ! j'essayerai, s'écria Armand.

— Moi aussi, dit Philippe d'un air brave.

— Croyez-moi, faites-le tous les matins; ne lavez pas seulement, comme le font tant d'enfants douillets, un petit coin de votre figure, lavez soigneusement votre cou et vos oreilles, vous aurez après une bonne mine fraîche et réjouie.

— Le plus difficile, dit Marguerite, c'est d'avoir les mains propres; elles se salissent si vite !

— C'est que les mains sont vos membres les plus actifs; elles font toute notre besogne de chaque jour, et pour rester propres elles exigent naturellement de grands soins; ce n'est pas assez de les laver une fois le matin; il faut le faire avant vos repas, et chaque fois que, dans les travaux du ménage ou dans vos jeux, vous les aurez salies.

— Nos pieds sont actifs presque autant que nos mains, dit Pierre; ils nous portent partout, et c'est toujours dans la boue ou la poussière !

— Par cette raison ils se salissent facilement, et il faut pourtant les entretenir propres. Ayez-en soin, lavez-les souvent et coupez vos ongles quand c'est nécessaire.

— Moi j'aime les bains de rivière, dit François; c'est agréable quand il fait chaud.

— Tu as raison; c'est non seulement agréable,

mais très sain, et c'est une bonne habitude de se baigner souvent.

— C'est bon pendant l'été, dit Armand; mais en hiver on ne peut pas prendre de bains froids.

— Sans doute, mais il est facile alors de remplacer les bains; on peut au moins se laver tout le corps souvent, et faire très proprement sa toilette de tous les jours.

— La propreté est-elle aussi un devoir de société? demanda la petite Jeanne.

— Certainement; nous devons épargner aux autres le spectacle repoussant de la malpropreté, et une personne sale ne peut être qu'un objet de dégoût.

— Comme le père Dubois, s'écria Pierre vivement; quand je le rencontre, j'ai toujours envie de me sauver en fermant les yeux et en me bouchant le nez. »

Les enfants se mirent à rire; Dubois était un vieux mendiant d'une saleté proverbiale.

« Pierre vous donne franchement son opinion, reprit Mlle Mélin, qui ne put s'empêcher de rire aussi; libre à vous maintenant de partager le sort de Dubois en l'imitant. »

XVIII

LA LEÇON DU PETIT OISEAU

Mme Hardouin est une bonne fermière, et nulle part on ne trouverait une ferme mieux tenue et plus prospère que la sienne.

Elle veille à tout et ne ménage pas les réprimandes à ceux qui les méritent; cependant elle est aimée et respectée de tous parce qu'elle est bonne, juste, et que, ce qu'elle exige des autres, elle le pratique elle-même.

Un jour, en traversant une prairie, elle rencontra Jeannot, le petit berger, qui conduisait là chaque jour son troupeau de moutons.

Elle eut bientôt fait d'examiner l'enfant de la tête aux pieds, et l'examen ne fut pas favorable à celui-ci.

« Tu ne seras décidément jamais propre, Jeannot, dit-elle d'un ton mécontent; tes habits sont couverts de poussière, ta figure est sale et ta tête ressemble à un buisson, tant elle est ébouriffée! Tu ne t'es ni lavé ni peigné ce matin!

— Je n'ai pas le temps, répondit Jeannot d'un air maussade; c'est facile aux riches d'être propres et coquets; ce n'est pas pour les pauvres gens comme moi.

— Tu crois?... » commença la fermière... Mais elle se tut tout à coup, et, posant sa main sur l'épaule de Jeannot :

« Regarde, » dit-elle.

Un ruisselet courait au bord de la prairie, et dans ce filet d'eau un petit oiseau venait de se poser. Il y trempa son bec; d'un air joyeux il commença à lisser ses plumes, puis il se plongea plusieurs fois dans la belle eau claire, et, se secouant avec délices, il s'envola sur une branche d'arbuste en poussant un cri joyeux.

« Est-ce un riche, dis-moi, ce petit oiseau? reprit alors la fermière, et Dieu ne te donne-t-il pas, comme à lui, l'eau du ruisseau pour t'y baigner? Qui t'empêche d'en profiter?

« Quelques minutes te suffiraient pour brosser tes vêtements, un peu de cette eau qui coule si près de toi te rendrait propre; comment alors oses-tu parler ainsi?

« Ce petit oiseau vient de te donner une leçon; tu

vois que la propreté est, au contraire, un luxe à la portée de tout le monde. »

Jeannot ne trouva rien à répondre; mais, dès que la fermière l'eut quitté, il s'agenouilla au bord du ruisseau, il s'y baigna le visage et les mains, et depuis ce jour il y fit sa toilette chaque matin en pensant à la leçon du petit oiseau.

XIX

L'ORDRE CHEZ SOI

Les petites filles entraient en classe, et de sa fenêtre Mlle Mélin les suivait des yeux; remarquant que Pauline n'était pas parmi elles, et craignant qu'elle ne fût malade, elle résolut d'aller s'informer de la petite fille.

En arrivant à la porte elle rencontra une voisine et lui demanda des nouvelles de Pauline.

« Elle n'est pas malade, Mademoiselle, dit la voisine, mais elle est restée à la maison pour garder son petit frère, parce que sa mère a été forcée de s'absenter aujourd'hui; je lui ai promis de surveiller un peu ses enfants; le petit dort dans son berceau et Pauline est dans sa chambre. »

Mlle Mélin remercia la voisine et alla frapper à la porte de sa petite amie.

« Entrez, » dit la voix de Pauline.

Dès le premier coup d'œil, la visiteuse eut plutôt envie de reculer; elle tombait dans un fouillis d'objets de toutes sortes, de linges et de vêtements sales; c'était un désordre affreux!

Au milieu de tout cela Pauline lisait un livre en lambeaux.

Elle parut un peu embarrassée en voyant Mlle Mélin, et, se levant, chercha des yeux une place et un siège à lui offrir.

Il y avait deux chaises dans sa chambre, mais elle dut lui donner la sienne, l'autre étant encombrée de vêtements et même de chaussures.

« Merci, dit Mlle Mélin sans accepter sa place; comment oses-tu offrir à quelqu'un de s'arrêter dans une chambre pareille? »

Pauline rougit, et, toute confuse, balbutia.

« Je voulais l'arranger...

— Alors fais-le tout de suite, je te montrerai à la mettre en ordre. »

Pauline ferma son livre et s'apprêta à obéir.

« Par où commencer? dit-elle piteusement.

— Tu as le droit de te faire cette question au milieu d'un semblable chaos!

« Ouvre d'abord cette fenêtre, l'air a besoin d'être renouvelé ici.

« Maintenant débarrasse ton lit et cette chaise; brosse tes vêtements et range-les! »

Cela fut un peu long; elle le fit pourtant devant Mlle Mélin et en suivant ses avis.

« Tu vois, dit celle-ci, acceptant alors la chaise que Pauline lui avait offerte, qu'avec bien peu de peine et de soin tu as donné à ta chambre un aspect plus agréable; c'est que la propreté pare et embellit tout.

— C'est vrai, dit Pauline en regardant autour d'elle avec satisfaction; si vous venez me voir une autre fois, Mademoiselle, vous trouverez ma chambre propre et rangée comme elle l'est dans ce moment.

— J'espère que maintenant elle le sera toujours, dit Mlle Mélin en souriant. C'est bien honteux pour une petite fille de ne pas savoir ranger ses affaires; et puis il faut penser non seulement à soi, mais à ceux qui nous entourent, et éviter que nos parents et nos amis entrent dans une chambre en désordre, déplaisante à voir et malsaine à habiter.

— Je ne savais pas..., dit Pauline, troublée de nouveau, je n'avais jamais réfléchi à cela, et je suis bien fâchée, Mademoiselle, de vous avoir causé cet ennui.

— Tu y penseras maintenant, ma petite, et tu comprendras que l'ordre et la propreté chez soi se rattachent aux devoirs de société; les lois de l'hospitalité s'accordent mal avec la saleté et le désordre d'une maison ; nous devons penser avant tout au bien-être et à l'agrément de ceux que nous recevons, et certes ils ne pourraient trouver ni l'un ni l'autre dans un lieu comme celui où tu m'avais fait pénétrer tout à l'heure. »

XX

A TABLE

Mlle Mélin, voulant récompenser ses petits amis de l'attention qu'ils apportaient à suivre ses conseils, leur offrit, certain jeudi, un beau déjeuner.

En se mettant à table, les enfants, qui n'étaient pas habitués à être aussi bien servis, se sentirent un peu embarrassés d'abord; cependant tous essayèrent de faire bonne contenance malgré leur timidité.

Armand, qui était un bon enfant tout simple, ni sauvage ni effronté, se tira très bien d'affaire et ne fut pas maladroit. Quand il ne connaissait pas l'usage d'un objet ou la façon de s'en servir, il regardait d'abord comment faisait Mlle Mélin, et l'imitait ensuite. Il accepta poliment tout ce qu'elle lui offrait, sans se montrer gourmand devant les plats, nouveaux pour lui, qui lui étaient servis; il ne demanda rien et ne fit aucun tapage, mais, quand Mlle Mélin lui parlait, il répondait simplement et naturellement. Gilbert, au contraire, voulut se donner un air d'assurance; la bouche pleine il fit de grandes phrases, causant à tort et à travers, étourdissant ses voisins en disant sottise sur sottise.

Il voulut se servir à boire lui-même et renversa son verre sur la nappe. Un grand désordre s'ensuivit; le déjeuner fut interrompu. Louise était la plus proche voisine du maladroit, sa robe fut tachée; elle dut se lever pour réparer le mal autant que possible.

Gilbert fut très humilié; il n'essaya plus d'éblouir les autres par ses belles manières, et devint aussi silencieux qu'il avait été bruyant.

Bientôt le calme se rétablit. Mlle Mélin surveillait ses invités depuis un instant, quand elle aperçut Philippe les coudes écartés sur la table.

« Tu gênes tes deux voisines, dit-elle; Aline disparaît presque derrière toi, je la vois à peine.»

Philippe retira vivement ses deux bras en murmurant quelques mots d'excuse. Les enfants se regardaient, sentant qu'aucun d'eux n'était à l'abri d'une petite leçon. Le déjeuner touchait à sa fin quand tout à coup, au milieu du silence, il y eut un grand fracas... Bernard venait de disparaître sous la table. Mlle Mélin, très effrayée, se leva et courut à lui, craignant qu'il ne fût blessé; elle fut vite rassurée. Il se releva vivement; il n'avait aucun mal, mais le dossier de la chaise était brisé.

C'était bien sa faute s'il était tombé : il s'était adossé à son siège, puis, non content de s'y adosser, il s'était balancé en arrière jusqu'à ce que, son poids entraînant la chaise, celle-ci se fût renversée sur le parquet.

Ce dernier accident mit fin au déjeuner. Voyant la confusion de Bernard, Mlle Mélin l'excusa avec bonté :

« Je ferai réparer la chaise, dit-elle en souriant; mais pour vous épargner à tous, dans l'avenir, de semblables mésaventures, je vous apprendrai tout à l'heure comment on doit se tenir à table.

XXI

A TABLE (SUITE)

« De grands méfaits ont été commis au déjeuner, vous en avez été témoins et même victimes, ajouta Mlle Mélin en souriant; mais bien des choses encore ont passé inaperçues pour vous; je les ai remarquées, et je voudrais vous en corriger. Faut-il les dire devant tous?

— Oh! oui, Mademoiselle, s'écrièrent-ils d'une seule voix, puisque c'est pour nous apprendre à mieux faire. »

Mlle Mélin regarda Jeanne, et souriant :

« J'ai vu, dit-elle, les petits doigts de Jeanne toucher à tout dans son assiette comme si les fourchettes n'étaient pas inventées. Croyez-vous que ces petits doigts étaient propres ensuite pour prendre le verre et le porter à la bouche, ou pour passer quelque chose aux voisins ?

« Il faut apprendre, ma petite Jeanne, à manger proprement en te servant le mieux que tu pourras de ton couteau et de ta fourchette. »

Ce fut ensuite le tour de Gilbert.

« Gilbert a parlé la bouche pleine; cela doit-il se faire? »

Marguerite secoua la tête :

« Non, Mademoiselle, dit-elle.

— Pourquoi?

— Je pense qu'il n'est pas propre de montrer ce qu'on a dans la bouche quand on mange, et si on parle en même temps on ne peut pas faire autrement.

— Justement.

— Et puis, dit Pierre, on bredouille, on est gêné pour parler, et c'est bien laid, on a l'air d'étouffer ou d'étrangler. »

Les autres se mirent à rire.

« Et on risque de s'étrangler en effet, dit Mlle Mélin; mais à ton tour, Pierre, j'ai quelque chose à te reprocher.

« Tu n'as pas essuyé tes lèvres avant d'y porter ton verre, ni après avoir bu, et tu as bu la bouche pleine. Cela ne se fait pas non plus. Trouvez-en la raison.

— Je la sais, s'écria Marie toute fière; quand on boit la bouche pleine ou sans avoir essuyé ses lèvres, on salit le bord de son verre, et c'est très malpropre; et quand on n'essuie pas sa bouche après avoir bu, les lèvres restent tachées de vin; c'est désagréable pour soi, et c'est bien sale à montrer aux autres.

— Vous le voyez, reprit Mlle Mélin, vous reconnaissez vous-mêmes l'utilité de toutes ces petites règles de société.

« Je vous dirai encore une chose: aujourd'hui vous avez beaucoup bavardé; c'était permis puisque vous étiez mes seuls invités, mais à table un enfant ne doit parler que si on l'interroge, et il ne doit jamais interrompre la conversation des grandes personnes pour demander quelque chose; vous ne devez pas non plus vous lever sans permission avant la fin du repas.

— Je suis bien contente, dit la petite Aline, de savoir tout cela.

— Pourquoi, ma petite?

— Parce que je suis sûre de ne rien faire maintenant qui puisse gêner ou ennuyer mes voisins.

— C'est très bien, mon enfant, dit Mlle Mélin d'un air satisfait. Tu comprends, n'est-ce pas? que le voisinage d'un enfant malpropre et maladroit qui mange avec ses doigts, qui renverse de la sauce autour de lui, ne peut qu'être désagréable? Rappelez-vous aussi, mes enfants, que vous devez rester toujours simples et naturels; en toute circonstance c'est le meilleur moyen d'être convenables.

« Je puis vous proposer comme modèle votre ami Armand, qui mérite aujourd'hui des félicitations, parce qu'il a eu à table une excellente tenue. »

Armand baissa la tête modestement; pourtant ses yeux brillaient de joie, et il murmura :

« Je raconterai cela à maman, elle sera contente de moi. »

XXII

LE LANGAGE

Deux garçons de l'école se querellaient, et tous les autres les entouraient, les uns essayant de les calmer, d'autres, au contraire, les excitant méchamment.

Il était inutile de les exciter : ils étaient tous deux dans une violente colère, et on s'en apercevait à leur langage; ils se jetaient l'un à l'autre les plus vilaines insultes, employant les mots les plus grossiers et les plus injurieux.

Heureusement une maman mit fin à la querelle en appelant sévèrement son fils; les enfants se dispersèrent, et les habitués de Mlle Mélin coururent à elle, tout émus encore de cette vilaine scène.

« Que pensez-vous de cela? dit Mlle Mélin, qui

avait tout entendu; trouvez-vous que ces garçons soient des enfants bien élevés?

— Oh! non, Mademoiselle, s'écria Louise, ils parlent trop grossièrement pour cela.

— C'est ce qui prouve que dans le langage il y a aussi de vilaines habitudes à éviter.

— Mais, Mademoiselle, nous ne parlons jamais comme ces vilains garçons, se récria Marie vivement.

— Ce serait joli, pour des demoiselles! dit Bernard en riant.

— En effet, rien n'est plus choquant qu'un mot grossier dans la bouche d'un enfant, d'une petite fille surtout; n'en employez donc jamais. »

A ce moment, Mlle Mélin fut interrompue par la petite Jeanne.

« Mademoiselle, je n'ai pas de ciseaux, prêtez-moi les vôtres.

— Je le veux bien, mais quand tu auras ajouté quelque chose que tu as oublié.

— Tu n'as pas dit : « S'il vous plaît, » fit tout bas Aline.

Jeanne rougit, et, toute honteuse de la leçon, elle murmura :

« Mademoiselle, voulez-vous me prêter vos ciseaux, s'il vous plaît?

— Bien! » dit Mlle Mélin; elle passa l'objet

demandé à la petite fille, et cette fois Jeanne n'attendit pas qu'on lui soufflât ce qu'elle devait faire.

« Merci, Mademoiselle, dit-elle bien vite.

— Pourquoi dit-on : « S'il vous plaît, » en demandant quelque chose? dit tout à coup François.

— Parce qu'un service que vous demandez n'est pas un ordre auquel on soit forcé d'obéir; en vous le rendant on vous oblige; il faut donc le solliciter poliment; de là vient l'expression : « S'il vous plaît, » c'est-à-dire : si vous consentez à m'obliger!

— Je comprends! s'écria François, et c'est aussi pour cela qu'on dit : « Merci. »

— C'est tout simple, dit Philippe, on se montre reconnaissant du service rendu en remerciant celui qui le rend; n'est-ce pas, Mademoiselle?

— Sans doute, et une personne bien élevée n'oublie jamais ces formules de politesse. »

Après un instant de silence Philippe reprit la parole :

« Mademoiselle, vous disiez tout à l'heure qu'il ne faut jamais employer de mots grossiers, je comprends cela; mais c'est ridicule, n'est-ce pas? de faire le beau parleur à notre âge.

— Qu'appelles-tu faire le beau parleur?

— Mais, dit Philippe en hésitant, chercher de grandes phrases prétentieuses.

— Il faut parler d'une façon simple et naturelle. Mais on ne parle jamais trop bien, et vous devez vous appliquer à le faire toujours correctement; vos maîtres se donnent la peine de vous l'apprendre à l'école, à vous de profiter de leurs leçons.

— Ce n'est pas poli pour eux, je trouve, remarqua Marie, de parler mal quand ils vous disent si souvent de ne pas le faire, et qu'ils vous reprennent à chaque occasion.

— Tu as raison, c'est un manque d'égard pour eux, car on leur prouve ainsi qu'ils perdent leur temps et leur peine.

— Pourquoi les garçons parlent-ils si brusquement? dit la petite Jeanne; ils me font peur, on les dirait toujours en colère.

— Tu ne seras jamais très brave, petite Jeanne, s'écria Pierre en riant.

— Elle a raison pourtant, dit Marguerite; c'est très laid de parler d'une voix rude et d'un ton brusque; si j'avais un frère, je tâcherais de l'en empêcher. »

XXIII

DANS LES RUES

C'était fête à Souvigny, un grand marché s'y tenait ce jour-là ; les rues étaient encombrées de charrettes, la place était couverte de boutiques de toutes sortes, et les écoliers mettaient à profit le congé qui leur avait été accordé pour la circonstance.

On en rencontrait partout, les uns circulant tranquillement, les autres paraissant très disposés à faire quelque sottise.

Ceux-là se tenaient groupés autour des principales boutiques, hélant les passants, criant, se poussant et mettant le désordre partout où ils paraissaient.

Gilbert et Bernard faisaient partie de ces derniers. Ils se tenaient depuis un instant devant une boutique, lorsqu'une vieille femme aborda Gilbert :

« Pourriez-vous m'indiquer, demanda-t-elle, la maison de M. Durand? »

Gilbert fit un signe à Bernard, et, l'entraînant à sa suite, il désigna à la vieille femme une des portes de la rue en disant :

« C'est là. »

Puis, comme la vieille se disposait à y frapper :

« Ce n'est pas là ! » cria-t-il en riant très fort.

Bernard, désignant à son tour plusieurs portes, cria alors :

« C'est plutôt ici, ou là, à moins que ce ne soit plus loin. »

La pauvre vieille, voyant que les deux mauvais sujets se moquaient d'elle et ne sachant où s'adresser, paraissait très embarrassée, lorsqu'elle aperçut une petite fille se dirigeant de son côté.

Bernard et Gilbert avaient déjà reconnu Aline, et, se sentant en faute, ils ne riaient plus.

« Elle va nous dénoncer à Mlle Mélin, pensèrent-ils, et nous fera gronder. »

Aline avait entendu leurs rires, et, devinant ce qui se passait à voir l'embarras de la bonne vieille, elle s'avança au-devant de celle-ci.

« Cherchez-vous quelque chose, Madame ? » demanda-t-elle d'un ton poli.

— Oui, ma petite, et vous seriez bien aimable de me renseigner ; ces méchants garçons m'ont mise dans l'embarras.

— Je l'ai bien vu, dit Aline.

— C'est pourtant mal, continua la vieille femme, de tromper une étrangère qui ne connaît pas son chemin ; mais, puisque vous êtes une gentille enfant, vous me rendrez le service qu'ils m'ont refusé ; dites-moi, s'il vous plaît, où demeure M. Durand. »

Aline donna à la vieille femme le renseignement qu'elle demandait, et celle-ci la remercia ; mais avant de quitter les enfants elle se tourna tout à coup vers les deux coupables :

« Vous m'avez joué un vilain tour, dit-elle vertement, et je ne me gênerai pas pour vous dire ce que j'en pense. Ce n'était pas difficile de m'attraper, votre plaisanterie est donc sotte et ridicule, et je ne vois pas quel avantage vous en tirez ; si vous m'aviez rendu service, comme cette bonne petite fille l'a fait, j'aurais pris une bonne opinion de vous, tandis que je vous tiens pour deux sujets mal élevés et impertinents. »

Là-dessus la vieille leur tourna le dos, en riant de l'air penaud qu'ils avaient pris pendant cette semonce, et, après avoir remercié Aline une seconde fois, elle les laissa.

Il y eut un moment de silence, Aline ne put s'empêcher de rire aussi de leur figure embarrassée.

« Vous ne vous attendiez pas à cela ! s'écria-t-elle ; mais vous le méritez bien.

— Aline, dit Bernard, tu es une bonne fille, tu ne le diras pas à Mlle Mélin ; tu ne voudrais pas nous faire gronder. »

Aline les regardait un peu moqueuse :

« Non, dit-elle, je pense que vous l'avez été assez tout à l'heure; je n'en dirai rien à personne, mais ne recommencez pas. »

XXIV

DANS LES RUES (SUITE)

C'était la fin du marché, chacun voulait rentrer chez soi ; l'encombrement était plus grand que jamais ; il devenait difficile de circuler dans la principale rue de Souvigny, ordinairement si calme.

Les piétons se pressaient sur les trottoirs, trop étroits ce jour-là, pendant que les voitures et les bestiaux se croisaient et se poussaient sur la chaussée.

Les enfants, enchantés de ce mouvement, ne songeaient pas encore à rentrer ; Bernard et Gilbert s'étaient mêlés de nouveau à la bande des écoliers ; Pierre et François ne s'étaient pas quittés de la journée.

Comme ils suivaient la foule qui descendait la rue, François aperçut devant lui, sur le trottoir,

Mlle Mélin et une de ses amies ; elles allaient les croiser, mais le passage était difficile.

Aussitôt Pierre et François, ôtant leur casquette, descendirent pour leur faire place et leur laisser le meilleur chemin.

« Quels gentils garçons ! dit tout haut l'autre dame; il est rare de rencontrer des enfants aussi bien élevés. »

Les deux camarades s'éloignaient, rougissant de ce compliment, qu'ils avaient entendu, quand Mlle Mélin les rappela.

Ils revinrent sur leurs pas, et, la casquette à la main, s'arrêtèrent devant elle.

Mlle Mélin souriait.

« Voulez-vous entrer dans une baraque? Mme Meunier vous offre des places, dit-elle en désignant son amie ; choisissez. »

Leurs yeux brillèrent ; il y avait une ménagerie qui les tentait beaucoup.

Ils choisirent la ménagerie, en remerciant gaiement Mme Meunier.

Quand les enfants se retrouvèrent ensemble le lendemain, chacun raconta ses aventures de la veille, à l'exception de Bernard et de Gilbert, qui jugèrent plus prudent de se taire.

Pierre et François avaient été les plus heureux; quand ils racontèrent leur visite à la ménagerie, et comment ce plaisir leur avait été offert, ce fut un vrai concert d'exclamations autour d'eux.

« C'est donc bien vrai qu'on a toujours à gagner à être poli ! dit Aline en regardant Gilbert et Bernard, et cela vaut mieux que de se faire remarquer par sa mauvaise tenue dans les rues.

— J'ai rencontré pourtant bien des garçons mal élevés, hier, reprit Marguerite; je suis sortie avec maman, et un petit garçon est venu nous pousser exprès; il disait tout haut des choses moqueuses sur nous et sur tous les passants.

— Maman ne m'a pas permis de sortir sans elle, dit la petite Jeanne ; elle me défend toujours de courir toute seule et de jouer dans les rues.

— Ta mère a bien raison, dit Mlle Mélin, qui venait de rejoindre les enfants ; une petite fille ne doit pas passer son temps à courir dehors, et quand elle sort, elle doit se tenir convenablement, marcher posément sans s'arrêter partout le long du chemin, et ne pas courir à droite et à gauche comme une petite évaporée.

« Quant aux petits garçons dont parle Marguerite, je n'ai pas besoin de vous dire ce que j'en pense. »

XXV

A L'ÉCOLE

« Où donc est Aline ? » demanda un soir Mlle Mélin en voyant arriver toutes les petites filles, excepté celle-ci.

— Elle viendra tout à l'heure, Mademoiselle, dit Marguerite sans autre explication.

Un instant après, Aline arriva ; elle avait les yeux rouges et l'air embarrassé.

« Pourquoi pleures-tu ? lui demanda Mlle Mélin, et pourquoi viens-tu si tard ?

— Mademoiselle, j'ai été mise en retenue ; » et Aline éclata en sanglots.

« Tu as été paresseuse, ou désobéissante ?... »

Aline secoua la tête :

« Non, Mademoiselle !

— Alors pourquoi as-tu été punie ?

— Parce que je me tenais mal ; j'avais appuyé ma tête sur mes bras et je m'endormais.

— C'est, en effet, une vilaine tenue, dit Mlle Mélin, et tu méritais ta punition. On n'est pas en classe pour dormir ou se reposer.

« Croyez-vous qu'il soit poli, tandis que vos maîtres se donnent la peine de vous expliquer vos devoirs et vos leçons, de paraître n'en tenir aucun compte, de ne pas les écouter et de vous laisser aller à des façons nonchalantes et paresseuses ?

« Il est impossible de suivre attentivement une leçon et d'en profiter en se tenant aussi mal ; d'ailleurs, un enfant bien élevé ne se permet jamais une mauvaise contenance devant ceux à qui il doit du respect.

« On a raison d'exiger que vous gardiez de bonnes manières en classe, et de vous obliger à être aussi propres pour y entrer.

« A quoi ressemblerait une salle d'école, si les élèves y agissaient à leur guise ?

« L'un couché sur son pupitre, l'autre étendu sur son banc ; celui-ci jouant, celui-là chantant, un autre dormant.

« Les uns mal peignés, les autres barbouillés. »

A ce tableau les enfants éclatèrent de rire, et Aline ne put s'empêcher de faire comme eux.

« Auriez-vous du plaisir à suivre une pareille école, continua Mlle Mélin, et seriez-vous très instruits en la quittant ? »

Les enfants secouèrent la tête.

« Ce serait une drôle d'école, s'écria Pierre en riant, et je ne voudrais pas être le maître de cette classe-là.

— Moi j'aimerais encore moins être la voisine d'une petite barbouillée, dit Marguerite.

— C'est triste d'être mis en retenue, reprit Mlle Mélin, mais vous voyez bien qu'on est forcé de punir ceux qui se tiennent mal en classe.

— On nous défend de rire aussi, remarqua tout à coup la petite Jeanne; hier j'ai été grondée, et c'était ma voisine qui me faisait rire.

— Ta voisine a été punie, sans doute? dit François.

— Oui, dit Jeanne avec un air de ressentiment qui les fit tous rire, mais c'était bien fait pour elle; c'est très mal de distraire les autres en classe.

— Pourquoi est-ce mal, ma petite Jeanne? demanda Mlle Mélin.

— Mais..., dit Jeanne, parce que c'est défendu.

— Et pourquoi est-ce défendu ?

— Je ne sais pas, dit la petite fille en réfléchissant, sans doute parce qu'on empêche les autres de travailler et d'écouter le maître.

— Oui, dit Louise vivement, et puis je pense que les maîtres ne trouvent pas très poli qu'on cause pendant qu'ils se donnent la peine d'expliquer une leçon.

— Je crois bien, dit à son tour la sage Marguerite, puisque c'est impoli de rire et de chuchoter pendant qu'une personne parle, c'est encore plus mal de le faire pendant qu'un maître vous apprend quelque chose.

— C'est vrai, dit la petite Jeanne; eh bien, maintenant je ferai tout ce que je pourrai pour ne pas rire quand ma voisine me racontera quelque chose en classe, et même, ajouta-t-elle en prenant d'avance un air sévère, je lui dirai :

« Tais-toi, je ne t'écoute pas; on ne cause pas en classe. »

XXVI

CHEZ LES AUTRES

« Quelquefois, mes enfants, votre mère vous emmène quand elle va voir quelqu'un : que faut-il faire pour être toujours convenable dans ces circonstances ?

— Il faut saluer en entrant, s'écria le petit Armand.

— C'est déjà bien, approuva Mlle Mélin ; et après ?... »

Il y eut un moment d'hésitation.

« Doit-on s'asseoir avant tout le monde, sur le meilleur siège, et se mettre à causer à tort et à travers, comme un moulin à paroles ? ou est-ce mieux de baisser le nez vers la terre comme un petit sot, sans répondre un mot quand on vous parle ?

— Oh ! dit Marie, ni l'un ni l'autre, je pense.

— Tu as raison; mais que ferais-tu alors?

— J'attendrais pour prendre une chaise que tout le monde fût assis, dit Marie timidement; je ne parlerais pas la première, mais je répondrais de mon mieux si on me demandait quelque chose.

— C'est très bien; un enfant ne doit jamais, en effet, se mêler à la conversation sans y être invité, ni surtout faire des questions indiscrètes.

« Cependant vous pouvez parler pour demander des nouvelles des personnes que vous connaissez, particulièrement des enfants comme vous, surtout s'ils ont été malades ou s'ils sont loin du pays.

« Quand on vous envoie en commission chez quelqu'un, il faut, en saluant la personne qui vous reçoit, vous informer de sa santé.

— Pourquoi, Mademoiselle? demanda Armand.

— Parce qu'il est poli de lui montrer que vous n'êtes pas indifférent à ce qui lui arrive.

« Mais ce n'est pas tout. Si, étant chez quelqu'un, vous voyiez à votre portée des gâteaux ou des bonbons, que feriez-vous?

— Je crois bien qu'il n'y faudrait pas toucher, dit Philippe d'un ton de regret.

— En effet, si triste que cela te semble, il n'y faudrait pas toucher, ni même en demander.

— Mais si on nous en offrait, s'écria Philippe, que cette idée vint réjouir tout à coup, nous pourrions bien accepter?

— Gourmand! s'écria Gilbert.

— Vous pouvez accepter ce qu'on vous offre, mais il faudrait en prendre avec discrétion et remercier poliment.

— Peut-on jouer quand on est chez les autres demanda Armand.

— Oui, si on vous le propose; mais vous devez avoir grand soin de ne rien déranger autour de vous ni de rien briser.

— Et si on ne nous le propose pas? reprit Philippe.

— Alors, dit Mlle Mélin en riant, il faut prendre votre parti de rester tranquillement assis, sans vous agiter, sans changer constamment de place et sans vous rendre importuns.

— Ce n'est pas très amusant, dit Armand avec une petite moue.

— Peut-être; mais crois-tu qu'il soit amusant aussi de recevoir chez soi un enfant insupportable, qui veut tout voir dans l'appartement et toucher à tout, qui se mêle à la conversation, discutant comme un personnage important et reprenant même les grandes personnes?

« J'en ai connu un qui ne voulait pas rester

cinq minutes tranquille, tourmentait sans cesse sa mère, et à chaque instant interrompait la conversation pour dire tout haut :

« — Maman !... allons-nous-en, je m'ennuie !

— Il était bien mal élevé ! dit Bernard en riant.

— Oui, et c'est l'opinion de tous ceux qui l'ont connu ; si vous ne voulez pas qu'on dise cela de vous aussi, sachez vous tenir convenablement.

« Écoutez l'histoire de Mouvement Perpétuel. »

XXVII

MOUVEMENT PERPÉTUEL

« Le petit Frédéric ne restait jamais un moment en repos, aussi l'avait-on surnommé Mouvement Perpétuel...

— Qu'est-ce que cela voulait dire, Mademoiselle ? » interrompit la petite Jeanne.

Mlle Mélin sourit.

« Le mouvement perpétuel n'existe pas, on n'a jamais pu le trouver ; ce serait un mouvement qui se continuerait de lui-même sans s'arrêter jamais. C'est pour cela qu'on donne ce surnom aux gens qui remuent sans cesse.

— Ah ! s'écria Jeanne, je comprends maintenant ; merci, Mademoiselle.

— Un jour, continua Mlle Mélin, sa mère l'envoya avec sa sœur aînée faire une commission chez une vieille dame ; elle lui recommanda d'être bien sage, de rester tranquille et surtout de ne toucher à rien.

« Il le promit, mais vous allez voir comment il tint sa promesse.

« La vieille dame aimait beaucoup les enfants, elle accueillit très bien Mouvement Perpétuel.

« — Bonjour, mon petit ami, » dit-elle gracieusement; et lui prenant la main elle se pencha pour l'embrasser; mais il ne lui en donna pas le temps et s'échappa tout à coup sans lui répondre.

« Un gros chat dormait tranquillement sur un coussin; Mouvement Perpétuel venait de l'apercevoir, et, se précipitant sur la pauvre bête, il lui tira brusquement la queue pour l'éveiller.

« — Oh! laissez mon chat! » s'écria la vieille dame avec désespoir.

« Le chat, effaré, courut se réfugier sur les genoux de sa maîtresse.

« Tandis que celle-ci le calmait par ses caresses, Mouvement Perpétuel était bien grondé par sa sœur, qui le fit asseoir près d'une table, en lui défendant de bouger.

« Après ce premier méfait, il resta tranquille pendant près d'une minute; mais cela ne pouvait durer longtemps.

« Il bâilla, s'agita, et bientôt commença à donner des coups de pied dans les barreaux de sa chaise.

« Il leva les bras, et avec son coude renversa une pile de livres; il fallut les remettre en ordre.

« Il se leva donc, puis se mit à fureter parmi les objets qui garnissaient la table.

« Il y avait là, malheureusement, une grande bonbonnière en cristal ; dès qu'il la vit, il grimpa sur une chaise pour l'aveindre en disant tout haut :

« — Je veux du bonbon. »

« Avant que sa sœur eût le temps de l'en empêcher, il s'empara de la boîte, essaya de l'ouvrir et la laissa tomber sur le parquet, où elle se brisa en mille morceaux...

« Alors il eut peur et roula par terre à son tour, entraînant sa chaise et faisant un si affreux vacarme que la pauvre vieille dame crut mourir de frayeur.

« La sœur aînée, très confuse, essaya de réparer le désordre ; mais rien n'était possible pour la bonbonnière brisée.

« Elle fit mille excuses à la vieille dame et emmena au plus vite Mouvement Perpétuel.

« — Quel enfant insupportable ! » s'écria alors la pauvre dame en levant les bras au ciel ; et caressant son chat, auquel elle s'adressait dans son indignation :

« — J'espère bien ne jamais le revoir ici, reprit-elle ; certes, je le mettrais à la porte s'il osait revenir. »

XXVIII

L'INDISCRÉTION ET L'INDÉLICATESSE

« Papa va vendre son pré à notre voisin, disait Jeanne en se donnant un air important.

— Pourquoi donc? demandèrent curieusement les petites filles à qui s'adressait cette confidence.

— Je ne sais pas, je n'ai pas bien compris ce qu'il disait à maman; j'ai entendu seulement qu'il avait besoin d'argent.

— Que racontes-tu là, petite Jeanne? » demanda Mlle Mélin, remarquant l'air mystérieux des enfants.

Marguerite répéta ce que Jeanne venait de leur dire.

« Sais-tu ce que c'est que d'être indiscrète? » dit alors Mlle Mélin, s'adressant à Jeanne.

Celle-ci devint toute rouge et balbutia :

« Mais, Mademoiselle...

— Être indiscrète, c'est répéter ce qu'on entend dire. Souvent on parle devant vous de choses que vous ne comprenez pas bien, et vous pouvez causer de grands torts à vos parents ou à vos amis en les répétant mal.

— Alors c'est très grave, Mademoiselle, d'être indiscrète? dit Aline d'un air sérieux; je pense que nous ne devons pas nous mêler des affaires de nos parents, et que nous n'avons pas le droit surtout d'en parler aux autres.

— Certainement non, dit Mlle Mélin.

« Un enfant qui veut tout savoir, se mêler de tout, qui questionne, écoute aux portes et va répéter ensuite tout ce qu'il entend, est une véritable plaie pour ses voisins.

— Les petites filles sont très curieuses, dit Bernard avec un sourire moqueur; ce sont elles surtout qui aiment à tout savoir pour le raconter aux autres.

— Je ne sais pas si les garçons sont à l'abri de ce reproche, dit Mlle Mélin en riant, mais Bernard a un peu raison, les petites filles y sont particument disposées.

« Quelquefois le plaisir d'être questionnés et écoutés vous fait trop parler; méfiez-vous de cela, et retenez cette petite langue qui aime tant à causer.

— Bernard nous reproche d'être curieuses, dit

Louise d'un ton piqué; pourtant, si on veut s'instruire, il faut bien faire des questions sur ce qu'on ne sait pas.

— Oh ! ce n'est pas la même chose, tu le sais bien, dit Bernard en riant.

— En effet, reprit Mlle Mélin, un enfant doit questionner ses parents ou ses maîtres sur les sujets qui peuvent l'instruire; mais es-tu sûre de ne te permettre jamais que ces questions-là?

— Quand vous avez demandé à Jeanne pourquoi son père vendait son pré, était-ce utile à votre instruction? dit Pierre malicieusement; c'était de la curiosité, et chaque fois que vous faites des questions sur des choses qui ne vous regardent pas, vous êtes indiscrètes. N'est-ce pas, Mademoiselle?

— C'est vrai, dit Mlle Mélin; mais, puisque tu parles si bien, continue; est-il discret d'ennuyer et de fatiguer les étrangers de questions même utiles?

— Non, Mademoiselle, à moins qu'ils ne vous yautorisent, je pense.

— Très bien, et maintenant peux-tu me dire si on est indiscret en paroles seulement?

— Non, dit Pierre, tout fier de la sagesse de ses réponses, on est indiscret et indélicat dans ses actions, souvent; et je vais vous en donner des exemples, continua Pierre gaiement.

« Entrer chez un voisin à chaque instant, le déranger, y rester longtemps, y aller à l'heure des repas, c'est de l'indiscrétion. »

Ici Pierre s'arrêta.

« Est-ce tout, déjà? dit Mlle Mélin en riant.

« Dans un magasin, toucher à tout, au risque de salir et de briser des objets qui ne vous appartiennent pas, c'est de l'indélicatesse.

« Un jour, j'ai invité un petit garçon à venir jouer dans mon jardin; il a piétiné mes plates-bandes, écrasé mes fleurs, cueilli mes fruits encore verts; enfin il s'est conduit comme un petit sauvage! Comment appelez-vous cela?

— C'est de l'indiscrétion, s'écrièrent les enfants.

— C'est plus encore, c'est de l'indélicatesse, car il a fait à mon jardin un tort réel.

— C'était presque voler, Mademoiselle, s'écria Bernard, de cueillir vos fruits.

— Certainement, il n'avait pas le droit d'y toucher, dit Armand; comment a-t-il osé le faire? »

XXIX

L'INDISCRÉTION ET L'INDÉLICATESSE (SUITE)

Mlle Mélin était encore au jardin avec les enfants lorsqu'on vint la prévenir qu'une dame de ses amies l'attendait dans le salon.

Elle se leva, et, posant son panier à ouvrage sur le siège qu'elle venait de quitter, elle se dirigea vers la maison après avoir recommandé aux enfants de l'attendre.

Son absence devait durer quelques instants.

Dès que Mlle Mélin fut hors de vue, Gilbert s'empara du panier à ouvrage et l'ouvrit.

« Oh ! Gilbert, tu es indiscret ! s'écria Aline d'un ton de reproche; que dirait Mlle Mélin si elle te voyait ?

— Elle ne me voit pas, dit-il en haussant les épaules; je ne veux rien lui prendre, mais cela m'amuse de regarder là dedans. »

Il fouilla le panier en tous sens, au grand scandale de ses camarades, et trouva dans le fond une lettre décachetée.

Il l'ouvrit sans scrupule et allait la lire, quand Pierre, se levant, lui enleva vivement la lettre.

« C'est trop fort, dit-il tout rouge d'indignation ; cette lettre n'est pas à toi, tu n'as pas le droit de la lire et tu ne la liras pas !

— De quoi te mêles-tu ? cria Gilbert furieux.

— Tais-toi ! dit Marguerite, se levant à son tour, Pierre fait bien de te l'ôter, puisque tu oses lire une lettre qui ne t'est pas adressée.

— Quel mal y a-t-il à cela ? dit Gilbert, qui commençait à perdre son assurance.

—Tu sais bien que c'est mal, puisque tu as profité de l'absence de Mlle Mélin pour le faire ; c'est honteux !...

— Marguerite gronde, fit tout à coup la voix de Mlle Mélin ; qu'y a-t-il donc ? »

Les enfants baissèrent la tête, et personne n'osa répondre.

Mais Mlle Mélin avait aperçu son panier tout bouleversé et la lettre ouverte entre les mains de Pierre.

« Que signifie...? » commença-t-elle en regardant Pierre sévèrement.

Elle n'acheva pas sa phrase.

« Ce n'est pas moi, » dit Pierre en levant son regard honnête.

Alors Marguerite, pour la défense de Pierre, dut accuser le vrai coupable; elle raconta la scène qui venait de se passer. Gilbert se sentit alors si honteux qu'il se mit à sangloter tout haut.

« Calme-toi, dit Mlle Mélin avec bonté, mais rappelle-toi toujours la dure leçon que tu viens de t'attirer. »

Et s'adressant à tous les autres, qui regardaient maintenant Gilbert d'un air de compassion :

« Ne l'oubliez pas non plus, dit-elle, quand on est indiscret, on se laisse souvent entraîner à des indélicatesses de ce genre.

« Si on est seul dans une chambre, on se permettra de prendre une épingle ou un bouton sous prétexte que cela n'a aucune valeur, ce qui est vrai, mais on n'en est pas moins indélicat; on furettera, on fouillera dans les meubles.

« Par l'indiscrétion et l'indélicatesse, on peut, non seulement causer des ennuis au prochain, mais lui faire aussi du tort.

« On n'a pas le droit de surprendre les secrets.

« Un secret appartient à qui le possède, et vous pouvez causer un dommage à celui-ci en le surprenant.

« La politesse veut que vous évitiez de causer

des ennuis aux autres, et par probité vous devez respecter ce qui ne vous appartient pas. »

Gilbert écoutait attentivement.

« Je n'avais jamais pensé à tout cela, dit-il d'une voix qui tremblait, je ne voudrais pas manquer de probité.

— Je le crois, mon enfant, dit Mlle Mélin avec douceur, mais quand tu seras chez quelqu'un, rappelle-toi que tu n'as aucun droit sur les choses que tu y vois, ni même sur celles qu'on veut bien te prêter ou te confier.

— C'est bien mal d'abuser de la confiance qu'on a en vous, dit Pierre, et, pour mon compte, je ne voudrais pas m'exposer à passer pour un voleur si on me surprenait la main dans un tiroir.

— On aurait, en effet, le droit de suspecter les intentions de celui qui se montrerait si indélicat, dit Mlle Mélin, et je puis vous citer comme exemple une triste aventure qui est arrivée chez un de mes parents.

XXX

LE BILLET DE BANQUE

« Un de mes oncles avait pris en affection un gentil petit garçon d'une dizaine d'années, et lui permettait souvent de venir dans son cabinet.

« Ernest s'y montrait très empressé, car il y avait dans un tiroir une boîte de bonbons, et Ernest les aimait beaucoup.

« Un jour, mon oncle entrant dans son cabinet, où Ernest était resté seul dans la matinée, s'apercut que ses papiers étaient tout bouleversés ; il visita son tiroir... Le tiroir avait été évidemment fouillé par de petites mains indiscrètes.

« Oh ! pensa mon oncle, je vois qu'il faut surveiller Ernest.

« Et, quoique le tiroir ne contînt rien d'important, mon oncle le ferma et prit la clef sur lui.

« Mais, au même moment, il se souvint qu'ayant été dérangé la veille tandis qu'il faisait ses comptes, il avait jeté dans ce même tiroir quelques papiers et un billet de banque qu'il tenait alors à la main.

« Il rouvrit le tiroir, le fouilla avec soin, bouleversa de fond en comble tout ce qui s'y trouvait... : le billet de banque avait disparu.

« Ernest l'avait-il donc volé ?

« Cette idée était pénible. Pourtant Ernest avait ouvert le tiroir, fureté dans les papiers...

« Mon oncle l'envoya chercher :

« — Tu as fouillé dans mes affaires, » dit-il sévèrement.

« Ernest se troubla et n'osa pas le nier.

« — Qu'as-tu donc pris dans ce tiroir ? continua mon oncle en le regardant fixement.

« — Oh ! rien, Monsieur, s'écria Ernest tout tremblant, pas même un bonbon.

« — Ne mens pas ; avoue que tu m'as volé un billet de banque qui était là. »

« Le pauvre Ernest devint pâle comme un mort.

« — Je ne l'ai pas vu, s'écria-t-il en sanglotant; je ne suis pas un voleur, je ne l'ai pas pris ! »

« Pourtant le billet manquait, et lui seul avait ouvert le tiroir.

« Mon oncle fit appeler le père de l'enfant, qui essaya par tous les moyens d'obtenir un aveu de son fils ; mais ni menaces ni prières ne purent changer sa réponse; il répétait seulement en pleurant : « — Je ne suis pas un voleur, je ne l'ai pas pris !

« — Cherchez encore, Monsieur, dit enfin le pauvre père; êtes-vous sûr que le billet n'y est plus ?

« — Hélas! oui, dit mon oncle; mais cherchez vous-même si vous le voulez. »

« Le père bouleversa encore une fois le tiroir, mais sans résultat; il allait le repousser, désespéré, quand il s'aperçut qu'une lettre venait de glisser par-dessus le bord dans le fond du bureau. Si le billet avait coulé de la même façon pendant que l'enfant soulevait les papiers ?....

« Il enleva brusquement le tiroir, le billet était sous la lettre.

« Le pauvre père pleurait de joie.

« — Dieu soit loué ! s'écria mon oncle avec un soupir de soulagement.

« — Vois à quoi tu t'es exposé, malheureux enfant ! dit le pauvre père tout tremblant.

« — Je ne le ferai plus, dit Ernest; c'était seulement pour m'amuser. »

XXXI

LE SANS-GÊNE

« Qui peut m'expliquer ce que c'est que le sans-gêne ? »

Personne ne répondit d'abord, mais on regardait le petit Armand, qui semblait tout prêt à risquer une idée.

« Être sans gêne ? Il cherche un moment... C'est ne pas se gêner !...

— Oui ! dit Mlle Mélin en riant, et tu pourrais ajouter : « C'est, par conséquent, gêner les autres. » Car, si on prend partout ses aises, c'est presque toujours au détriment de quelqu'un.

« En classe, n'avez-vous jamais eu un voisin qui, se trouvant trop à l'étroit sur son pupître, étale son coude sur le vôtre ?

— Oh ! si, Mademoiselle, s'écria Armand, mon

voisin le fait; je suis forcé à chaque instant de le repousser; la prochaine fois je lui dirai : « Tu es un sans-gêne. »

— Il y a aussi des écoliers qui empruntent des livres à leurs camarades; ils les gardent très longtemps, n'en prennent aucun soin et les rendent en lambeaux quand on les leur réclame.

— Et même quelques-uns ne rendent jamais ce qu'on leur a prêté, dit Bernard.

— Ceux-là ne respectent pas le bien d'autrui, s'écria Marguerite.

— Non, et ils sont à la fois sans gêne et peu délicats; nous avons beaucoup parlé des indiscrets, les indiscrets sont sans gêne.

—Je n'aime pas les gens sans gêne, dit Aline, et j'ai si peur de l'être que je n'ose jamais emprunter; si j'y suis forcée, je garde ce qu'on m'a prêté le moins longtemps possible, et j'ai bien soin de ne pas le mettre en mauvais état.

— Cela devrait toujours être ainsi; et quand on emprunte un objet qui s'use, il faut être encore plus délicat.

— C'est vrai, dit Marguerite; si on s'en sert au point de forcer le propriétaire à le remplacer quand on le lui rend, ce n'est pas très agréable pour lui.

— Et c'est peu honnête, dit Mlle Mélin; c'est

agir encore avec trop de sans-gêne, et causer ainsi du tort à celui qui vous rend service.

— Eh bien ! il y a pourtant beaucoup de gens sans gêne, remarqua Louise.

— Oui, parce qu'il y a bien des façons de l'être; chaque fois qu'on prend ses aises aux dépens des autres, on est sans gêne.

« Si on se laisse aller à cette mauvaise habitude, on devient facilement un égoïste, et l'égoïsme est un vilain défaut, le plus opposé aux devoirs envers le prochain.

— Les égoïstes sont des sans-cœur, dit Marguerite, puisqu'ils ne pensent qu'à eux et ne se gênent pour personne, tandis qu'on doit, au contraire, penser aux autres d'abord, et chercher en tout à leur être agréable.

— Bien, mon enfant, s'écria Mlle Mélin; je suis heureuse de voir que tu comprends à quoi nous obligent les devoirs de société et comment on y manque. »

XXXII

LE MAINTIEN

« Qu'il fait chaud ! s'écriait Philippe en bâillant d'un air fatigué, cela me donne envie de dormir ! »

Et Philippe s'allongea sur un banc, un bras replié sous sa tête, l'autre pendant sur le côté !

Il y avait deux grands bancs, sous les arbres, au fond du jardin ; Mlle Mélin les avait fait mettre là, afin que les enfants eussent une installation commode pour le temps où elle venait causer avec eux.

Ils étaient tous réunis, et, sur l'exclamation de Philippe, ils se regardèrent en riant.

« C'est vrai, dit Pierre, il fait chaud, mais ce n'est pas une raison pour prendre tant de place ; si nous voulions nous mettre tous comme toi, il faudrait nous disputer les bancs.

« Pousse-toi ! »

Et Pierre, sans attendre de permission, poussa lui-même Philippe pour s'asseoir à l'autre bout de son banc.

« Oh ! ne me dérange pas, s'écria Philippe d'un ton plaintif; laisse-moi dormir. »

Il rabattit sa casquette sur ses yeux et répéta en bâillant tout haut :

« Qu'il fait chaud ! »

Pierre le laissa bonnement maître de la position, mais Philippe n'en jouit pas longtemps.

« Quelle pose nonchalante ! dit tout à coup la voix de Mlle Mélin ; relève-toi, Philippe, et assieds-toi comme les autres, cette tenue n'est pas convenable. »

Le paresseux s'était levé en sursaut :

« Je ne vous avais pas vue, Mademoiselle, dit-il en rougissant; je me croyais seul avec mes camarades.

— Eh bien ! c'est poli pour nous, s'écria Marguerite en riant; nous ne valons pas la peine qu'on se gêne, alors ?

« Merci, monsieur Philippe ! »

Et Marguerite lui fit une révérence moqueuse.

« Mais..., dit Philippe tout embarrassé, ce n'est pas la même chose.

« Je ne vous dois pas le respect comme à des grandes personnes. »

Et Philippe, en parlant, questionnait Mlle Mélin du regard.

« Non, dit Mlle Mélin, mais ce n'est pas une raison pour se tenir si mal.

« Sans doute, votre maintien doit être plus réservé encore devant les personnes que vous respectez; mais il ne faut pas vous laisser aller, même entre vous, à des manières trop libres; vous prenez ainsi de mauvaises habitudes dont vous ne pouvez plus vous défaire.

— Philippe a grand besoin alors de quelques leçons de maintien, s'écria Marguerite en riant.

— Comment donc faut-il se tenir, Mademoiselle? demandèrent plusieurs voix.

— Il faut avoir, autant que possible, un maintien naturel et aisé.

— Ah! s'écria Philippe, espérant prendre une revanche, cela ne veut pas dire « faire des embarras », comme en font les demoiselles quand elles sont en toilette.

— Mais cela ne veut pas dire non plus, riposta vivement Aline, prendre ses aises, comme tu les prenais tout à l'heure.

— Je sais bien qu'une petite fille qui « fait des embarras », comme tu dis, parce qu'elle a mis sa plus belle robe, est une sotte, mais on peut avoir un maintien convenable sans faire des grâces ; et encore cela vaudrait mieux peut-être que des manières grossières et sans gêne.

— Il faut éviter l'un et l'autre, dit Mlle Mélin, souriant de la vivacité des deux adversaires ; l'affectation est ridicule, surtout chez un enfant, et la simplicité est une grande qualité.

« N'essayez donc jamais de « faire des grâces », comme dit Aline, mais n'ayez pas non plus un maintien gauche et guindé.

— Dites-nous ce que nous devons faire, Mademoiselle, dit Louise, pour avoir partout un maintien convenable. »

XXXIII

LE MAINTIEN (SUITE)

« Avez-vous fait des visites quelquefois?

— Oh! non, Mademoiselle, s'écrièrent tous les enfants à la fois.

— Comment! n'êtes-vous donc jamais allés voir des grands parents, des oncles, des tantes, ou un parrain ou une marraine, au jour de l'an, pour leur souhaiter une bonne année, ou le jour de leur fête?

« C'est un devoir de politesse que vous ne devriez pas négliger, pourtant.

— C'est vrai, dirent les enfants.

— Eh bien, c'est ce qu'on appelle faire des visites.

« N'êtes-vous jamais allés à des fêtes dans

votre famille ou chez vos amis : un mariage, un baptême... ?

— Mais oui, Mademoiselle, nous n'y pensions pas.

— Eh bien ! il faut savoir quel maintien vous devez avoir dans toutes ces circonstances.

« Vous savez déjà les devoirs de politesse.

« Un petit garçon ôte son chapeau en entrant, et ne le remet pas tant qu'il est dans la maison ; une petite fille salue poliment.

« On vous fait asseoir... ; mais tenez-vous toujours bien sur votre chaise.

« Que penseriez-vous d'un voisin qui, s'agitant sans cesse auprès de vous, risquerait de vous donner des coups de coude ou des coups de pied ? Aimeriez-vous ce voisinage ?

— Non, dit Marguerite en riant, et je vois qu'il faut se tenir tranquille pour ne pas gêner ses voisins.

— Et que penseriez-vous encore du même voisin si, non content de s'agiter sur son siège, d'appuyer sa tête, de frotter ses souliers sur le parquet, il mettait ses pieds sur les barreaux de votre chaise ou s'appuyait à votre dossier, vous donnant des secousses à chaque instant ?

— Je penserais, dit Marie, riant aussi, qu'il est insupportable.

— Et tu aurais raison, dit Mlle Mélin.

« Il faut, dans une réunion, éviter de déranger ou d'ennuyer les autres.

— Pouvons-nous causer entre nous dans ces réunions ? demanda Gilbert.

— Oui, si vous parlez discrètement, sans éclats de voix, sans gêner la conversation des grandes personnes, et surtout sans chercher à attirer l'attention et sans vous donner des airs importants.

« Si quelqu'un vient vous parler, que devez-vous faire ?

— Lui répondre poliment, dit Armand.

— C'est bien le moins ! s'écria Pierre en riant.

— Eh bien ! que ferais-tu, Pierre ? »

Il réfléchit un instant :

« Je me lèverais avec respect pour l'écouter et lui répondre; je le regarderais en l'écoutant, parce que je pense que ce n'est pas poli d'avoir l'air distrait et de regarder à droite et à gauche quand une personne vous parle, comme si on ne faisait aucun cas de ce qu'elle vous dit.

— Bravo ! Pierre, c'est très bien !

— Pierre sait toujours être poli, dit la petite Jeanne; moi, je suis si embarrassée quand on me parle, que j'ai l'air malhonnête sans le vouloir.

— Corrige-toi de cela, ma petite Jeanne, car tu aurais le maintien gauche et guindé dont nous parlions.

— C'est difficile, Mademoiselle, remarqua Louise, quand on est très timide.

— Il faut justement vaincre cet excès de timidité, qui nuit à la politesse.

« Habituez-vous à répondre gracieusement aux attentions qu'on a pour vous, et sachez vous-mêmes être aimables pour les autres.

— Enfin ! dit tout à coup Philippe, je vois que c'est difficile d'avoir toujours un bon maintien.

— Mais non, s'écria Marguerite, il faut seulement penser à ne rien faire qui puisse gêner ou choquer ses voisins.

— N'importe ! reprit-il, je ne suis pas sûr maintenant de savoir marcher.

— Peut-être ne le sais-tu pas en effet, dit Mlle Mélin ; tu marches mal si tu balances avec force tes bras, et si tu gesticules de façon à atteindre tes voisins.

— Mademoiselle, je vais marcher devant vous, s'écria-t-il en riant ; vous me direz si c'est bien. »

Et Philippe passa, la tête droite, les bras retombant naturellement et marchant d'un pas régulier.

Pierre le suivit, et au milieu du rire général chacun prit une leçon pour marcher convenablement.

XXXIV

ÉMILE

Un grand malheur avait frappé une pauvre famille du village : le père venait de mourir, et la veuve se voyait réduite à la misère avec ses deux enfants. Elle avait une toute petite fille au berceau, qu'elle ne pouvait quitter, et un fils, le petit Émile, qui n'avait que douze ans. Celui ci n'était pas encore en âge d'apprendre un métier, et d'ailleurs la pauvre mère n'aurait pu payer son apprentissage. Émile était un très gentil enfant, que tout le monde aimait; on s'intéressa à lui, et on conseilla à la veuve de placer son fils chez un marchand qui peut-être consentirait à le nourrir et à l'entretenir, si l'enfant lui rendait des services.

Un ami se chargea de faire une démarche auprès du propriétaire d'un grand magasin, qu'il connaissait beaucoup.

Le marchand fit d'abord quelques objections : l'enfant était bien jeune, puis il n'avait pas besoin de nouveaux employés...

Enfin, sur les instances de son ami, et surtout grâce aux bons renseignements qui lui furent donnés sur le petit Émile, il finit par dire :

« Envoyez-moi l'enfant, je lui parlerai et je verrai si je puis faire quelque chose pour lui.

Le lendemain Émile se rendit au magasin, et, dès le premier abord, le marchand remarqua que sa mise était propre et soignée, ses manières douces et réservées. L'enfant salua respectueusement le maître de la maison, lui dit son nom et se tint debout devant lui, attendant qu'il lui parlât. Le marchand lui fit quelques questions; il y répondit avec politesse, sans embarras et simpleplement.

Enfin il se montra si bien élevé, ses manières étaient si agréables, que le marchand se sentit tout disposé à être utile au pauvre petit.

Dans un magasin, il faut avoir, pour plaire aux clients, des employés très polis et ayant de bonnes manières; Émile avait ces qualités.

Le marchand pensa qu'il pourrait l'occuper à faire des courses, à recevoir les clients à la porte, à leur porter des paquets chez eux; il était sûr qu'Émile saurait s'acquitter de ces petits devoirs à la satisfaction de tous.

Il prit l'enfant à son service et n'eut qu'à s'en louer; chacun vantait les bonnes manières et la politesse du nouveau petit employé.

Émile gagna ainsi sa vie et diminua les charges de sa mère; plus tard, sa situation devint meilleure, il put l'aider, et arriva au bout de quelques années à une très bonne position.

XXXV

LA CONVERSATION

« Tu te trompes, Bernard, criait Pierre, il y a trois lieues de Souvigny à la ferme des Closeaux.

— Faisons une partie de barres.

— Deux lieues.

— Non, jouons plutôt à chat perché.

— Trois lieues.

— Veux-tu parier deux sous contre ma toupie?

— Celle qui a des cheveux frisés?

— Non, heureusement, ma vieille poupée.

— Celle qui ronfle si bien?

— Voyons, s'écria Mlle Mélin, tachez de vous comprendre; est-ce la toupie qui a des cheveux frisés ou la poupée qui ronfle?... »

Chacun se tut, et il y eut un éclat de rire général.

« Pourquoi parlez-vous tous à la fois? Vous ne savez plus, ni les uns ni les autres, ce que vous dites. Qui parle de toupie?

— C'est moi, Mademoiselle, dit Bernard; je parie ma toupie ronflante contre deux sous.

— Et qui tient ce pari?

— Pierre.

— Je veux bien parier, dit celui-ci, étant sûr de gagner. Je connais bien le chemin d'ici chez mon oncle, je suppose.

— Ton oncle? répéta Bernard étonné; qui parle de ton oncle?

— Mais..., toi. Les Closeaux sont à mon oncle.

— Je n'ai jamais dit les Closeaux, je parle des Ormeaux.

— Ah! dit Pierre, j'avais entendu les Closeaux; je sais bien que les Ormeaux sont à deux lieues, j'y vais souvent.

— Eh bien! mais nous sommes du même avis, s'écria Bernard.

— Alors ce n'était pas la peine de tant discuter et de crier si fort, dit Aline.

— Mais qui donc parlait de poupée au même moment? dit tout à coup Gilbert.

— Moi, dit la petite Jeanne; je racontais à Marie que ma poupée était cassée, et Marie croyait que c'était la neuve, celle qui a des cheveux frisés.

— Tout cela a fait une drôle d'histoire, dit Gilbert en riant.

— Vous avez l'air de fous, dit à son tour François, qui les regardait tranquillement; voilà un quart d'heure que vous parlez sans savoir de quoi.

— C'est ce qui arrive, dit Mlle Mélin, quand chacun pérore sans écouter son voisin, criant pour dominer les autres voix sans se donner la peine d'écouter ce qu'on lui répond.

— Comme Bernard, s'écria la petite Jeanne.

— Oh! fit celui-ci d'un air vexé.

— C'est vrai, dit Louise, on ne peut causer avec toi; tu interromps toujours les autres pour prendre la parole, et alors tu ne leur permets plus de placer un mot.

— Si tout le monde crie, il faut bien crier aussi pour se faire entendre, fit Bernard, cherchant à s'excuser.

— Mais personne ne devrait crier, dit alors Mlle Mélin; la conversation n'est agréable que si, par une politesse mutuelle, on se cède la parole de façon que les idées puissent s'échanger librement, sans qu'on soit à chaque instant arrêté aux premiers mots, ou étourdi par le bavardage d'un seul.

— Les bavards sont bien ennuyeux, dit François.

— Oui, dit Marguerite, d'abord ils parlent beaucoup d'eux; c'est un travers, n'est-ce pas, Mademoiselle ?

— Oui, mon enfant, il faut éviter de parler de soi dans une conversation ; les gens qui ne parlent que d'eux ou de ce qui les concerne sont ennuyeux et fatigants pour les autres.

— Et puis, reprit François, j'ai remarqué que les bavards disaient toujours des sottises.

— Tu as raison, dit Mlle Mélin en souriant; il est impossible de bavarder sans cesse à tort et à travers sans en dire beaucoup, surtout à votre âge. »

XXXVI

LA CONVERSATION (SUITE)

Comme Mlle Mélin se taisait, Marie se pencha vers sa voisine et lui chuchota quelque chose à l'oreille.

Marguerite était un peu plus loin, elle leva la tête vivement :

« Si je te gêne, Marie, je peux m'en aller, » dit-elle d'un air mortifié.

Pierre les regardait, il se mit à rire :

« Marie a dit du mal de quelqu'un de nous, » dit-il tout haut.

Tous les yeux se tournèrent vers Marie.

« Moi? s'écria-t-elle en devenant très rouge, mais pas du tout. Quelle idée as-tu là? Je disais quelque chose à Aline.

—Ce « quelque chose » est bien mystérieux, en

tous cas, dit alors Mlle Mélin ; tu viens de nous faire à tous une impolitesse.

— Pourquoi, Mademoiselle ?

— Mais, tu le vois ; nous pouvons tous supposer que tu as dit quelque chose contre nous, comme Pierre t'en a accusée.

— Oh ! Mademoiselle, vous savez bien que non.

— Je l'espère au moins, mais tu nous donnais le droit d'en douter en nous cachant avec tant de soin ce que tu avais à dire à ta voisine.

— Alors, Mademoiselle, dit la petite Jeanne, si on a un secret on est forcé de le dire à tout le monde.

— Non, certes, dit Mlle Mélin en souriant; mais il est bien facile d'attendre qu'on soit seule avec son amie pour le lui confier.

— Oh ! s'écria Marie, ce que je racontais à Aline n'est pas un gros secret.

— Nous ne te le demandons pas, interrompit Marguerite en riant; mais tu sauras maintenant qu'il n'est pas poli de parler bas à quelqu'un au milieu d'une conversation, tu as l'air de te méfier de nous.

— Et puis, ajouta François, c'est comme si tu nous disais : « Vous me gênez beaucoup; si vous n'étiez pas là, je causerais librement avec mon amie. »

— En effet, dit Armand, et ce n'est pas très agréable pour les autres. »

La petite Jeanne réfléchissait très sérieusement; au bout d'un instant elle leva la tête :

« Mademoiselle, de quoi peut-on causer ? » dit-elle naïvement.

Cette question inattendue fit rire tous les autres.

« On cause de tout, s'écria Armand.

— Il y a pourtant des choses à éviter dans la conversation. Ainsi, ne vous permettez jamais entre vous un propos qui ne serait pas convenable. Et savez-vous, continua Mlle Mélin, la première vertu que vous devez y observer ?

— La charité, s'écria Maguerite; il ne faut rien dire qui puisse faire de la peine aux personnes présentes ou nuire aux absents.

— Bien ! dit Mlle Mélin avec un sourire d'approbation.

— Cela n'est pas toujours facile, dit Louise.

— Oh ! ne dis pas cela, s'écria Marguerite, à moins d'être une mauvaise langue on peut bien causer sans faire de méchants rapports sur les absents; quant aux personnes présentes, il faudrait avoir bien peu de jugement pour ne pas comprendre les choses qui peuvent les blesser, et éviter d'en parler.

— C'est que tu es bonne, Marguerite, s'écria Aline, tu ne dis jamais de mal de personne.

— Et même, s'écria Gilbert, elle défend toujours ceux qu'on attaque devant elle.

— Et puis Marguerite est bien heureuse, dit la petite Jeanne, tout le monde l'aime, parce qu'elle trouve toujours quelque chose d'aimable à dire aux autres.

— Souvent quelques bonnes paroles suffisent pour montrer aux heureux que nous prenons part à leur joie, ou aux malheureux que nous plaignons leur malheur, dit Mlle Mélin, et le grand secret pour se faire aimer est de les dire sincèrement, car la charité est la base de presque tous nos petits devoirs envers le prochain. »

XXXVII

LES LETTRES

C'était la fête de Mlle Mélin ; tous les enfants s'étaient réunis pour la lui souhaiter et pour lui offrir un bouquet; elle en fut très touchée, car ils avaient saisi la première occasion de lui témoigner leur affection et de lui prouver qu'ils n'oubliaient pas ses leçons.

Ce jour-là elle leur donna un bon goûter, et, comme c'était jeudi, ils jouèrent chez elle toute la journée.

« J'ai reçu, leur dit Mlle Mélin, une lettre de la petite Adèle, qui a voulu, comme vous, me souhaiter ma fête; je vais vous la montrer, car elle est très bien écrite pour une enfant de son âge. »

Elle tendit la lettre à Marguerite, qui la lut tout haut :

« Chère marraine, je suis bien fâchée d'être
« loin de vous, et de ne pouvoir vous embrasser
« aujourd'hui en vous priant d'agréer mes sou-
« haits de fête. J'aurais été très heureuse de vous
« les exprimer de vive voix, et je veux au moins
« vous prouver que votre petite Adèle pense à
« vous et n'oublie pas vos bontés pour elle;
« veuillez donc, chère marraine, me permettre
« de vous envoyer tous mes vœux et recevoir
« les baisers de votre filleule bien respectueuse.
« Adèle. »

« C'est difficile d'écrire une lettre, dit la petite Jeanne, qui avait écouté celle-ci avec admiration.

— Non, mon enfant, ce n'est pas difficile; il faut écrire simplement, comme si l'on parlait à la personne elle-même; on doit seulement avoir soin d'écrire aussi poliment, aussi correctement et aussi clairement que possible.

— Mademoiselle, dit Gilbert, à notre âge on n'est pas forcé d'écrire?

— Vous avez moins d'occasions de le faire que les grandes personnes; pourtant dans certaines circonstances vous le devez.

— Je crois bien! s'écria vivement Pierre, quand ce ne serait qu'au moment du jour de l'an. Moi je suis forcé d'écrire à mes grands-parents, à mon oncle et à ma tante, qui sont loin d'ici, et à mon parrain; j'en ai le cauchemar un mois d'avance.

— C'est aimable pour eux! dit Aline en riant.

— Oh! dit Pierre un peu confus, je les aime beaucoup; mais c'est un tel ouvrage de bien faire toutes ces lettres! Je me donne de la peine pour composer de belles phrases, je n'arrive jamais à dire ce que je voudrais, et après tout, si je fais un pâté, si c'est mal écrit ou si je me trompe, voilà toute ma peine perdue, il faut recommencer. Trouves-tu cela amusant?

— Non; mais il faut le faire, pourtant.

— Je ne vois pas pourquoi. C'est une mode bien ennuyeuse!

— Une mode! s'écria Marguerite scandalisée; mais ce n'est pas une mode.

— Qu'est-ce, alors? demanda Mlle Mélin en souriant.

— C'est un devoir, répondit Marguerite sans hésiter; nous souhaitons une bonne année à ceux qui sont près de nous; c'est bien le moins que nous écrivions aux absents ce jour-là, autrement ils penseraient que nous ne les aimons pas, puisque nous ne pensons pas à eux. Moi je sais que mon grand-père est heureux quand je lui écris, et j'aimerais mieux me donner dix fois plus de peine encore que d'y manquer.

— Allons, Pierre, dit Bernard en riant, il faut secouer ta paresse et tes cauchemars.

— A qui devons-nous encore écrire ce jour-là, Mademoiselle ? demanda Pierre d'un ton résigné.

— En dehors des membres de votre famille, il faut écrire aux personnes à qui vous avez des obligations et qui ont, par conséquent, des droits à votre reconnaissance et à vos égards.

— C'est encore pis, s'écria Pierre, je ne saurai jamais m'en tirer.

— Eh bien ! je veux t'aider, et je vais vous proposer une chose.

« Écrivez tous une lettre sur un sujet que vous choisirez; montrez-la-moi demain, et je vous expliquerai en quoi elle est bien ou mal, suivant le cas. »

XXXVIII

LES LETTRES (SUITE)

Les enfants, que cette proposition avait beaucoup amusés, arrivèrent le lendemain avec leurs lettres; chacun avait fait de son mieux, et attendait avec curiosité le résultat de l'examen.

Marguerite, la première, présenta la sienne.

« L'écriture est bonne, dit Mlle Mélin au premier coup d'œil; c'est déjà bien, car il est impoli d'écrire illisiblement et de causer à quelqu'un la fatigue et l'ennui de déchiffrer un griffonnage. »

La lettre de Marguerite était adressée à une amie; le style était clair et simple, affectueux et aimable en même temps.

Mlle Mélin se montra fort satisfaite.

« Tu n'as oublié qu'une chose, ajouta-t-elle en terminant ses éloges, ta lettre n'est pas datée.

— Est-ce très nécessaire, Mademoiselle ?

— Sans doute ; suppose qu'elle s'égare en route ou que la personne à qui elle est adressée soit absente ; il lui sera difficile, quand elle lira la lettre, de savoir depuis quand elle est écrite, et de quelle époque datent les nouvelles que tu lui annonces ; de plus, tu cours le risque de paraître négligente, si ta lettre était pressée, pour une raison quelconque.

« Qu'est-ce que cela ? dit ensuite Mlle Mélin, apercevant entre les mains de Marie une demi-page mal coupée et tachée d'encre ; à qui adresses-tu ce lambeau de papier sale ?

— Mademoiselle, dit Marie en rougissant, je voudrais écrire à une de mes tantes qui vient de me donner une robe ; si cette lettre était bien, je l'enverrais.

— Il faudra au moins la recopier, mon enfant. Il n'est pas poli d'écrire sur un tel chiffon de papier. De même que vous soignez votre toilette pour vous présenter chez quelqu'un, la lettre que vous lui adressez doit être propre et convenable. Lis-moi cette lettre.

« — Ma chère tante, je vous remercie beau-
« coup de la robe que vous m'avez envoyée ; elle
« est très jolie et me sera très utile ; vous êtes

« bien bonne d'avoir pensé à moi, et je vous en « garderai toute ma vie une reconnaissance pro- « fonde et éternelle.

« Votre nièce qui vous salue, MARIE. »

— Oh! fit Mlle Mélin, qui ne put s'empêcher de sourire, j'aime mieux le commencement que la fin.

« C'est très bien d'être reconnaissante à ta tante du cadeau qu'elle te fait, et tu as raison de l'en remercier; mais exprime-toi plus simplement, sans t'embarrasser dans une si grande phrase; il faut toujours éviter l'exagération dans les termes d'une lettre.

« Et puis, il ne suffit pas de dire à ta tante d'un air négligent : Je vous salue. Si elle était devant toi, lui dirais-tu cela sèchement, en la remerciant?

— Oh! non, s'écria Marie, je l'embrasserais.

— Alors, tu peux lui dire : « Vous êtes bien « bonne d'avoir pensé à moi. Je vous en suis très « reconnaissante, et je vous embrasse de tout « mon cœur. »

— Pourquoi est-ce difficile d'écrire, tandis qu'il est si facile de parler? s'écria Bernard.

— Parce qu'en écrivant on est forcé de chercher de belles phrases, répondit Gilbert.

— Mais non, s'écria Marguerite, puisqu'il faut, au contraire, éviter un style prétentieux et exagéré.

— Pourtant, reprit Bernard, on ne peut écrire tout à fait comme si on parlait. »

Mlle Mélin sourit.

« Tu vas comprendre, dit-elle.

« Si tu parles à ton grand-père, je suppose, ou à un étranger, est-ce du même ton qu'avec tes camarades?

— Non, Mademoiselle, j'ai un air plus respectueux qu'avec mes amis, naturellement.

— Je comprends, s'écria Philippe; quand on parle, on peut se montrer très respectueux dans ses manières, dans la façon de dire une chose, tandis que dans une lettre... quand on écrit... »

Philippe, s'embrouillant, s'arrêta court.

« Dans une lettre, continua pour lui Mlle Mélin, on ne voit que la phrase elle-même, qui doit exprimer à elle seule la déférence, l'affection ou la politesse.

— Voilà ce que je voulais dire, s'écria Philippe.

— C'est pour cela qu'il faut toujours soigner la forme d'une lettre. A moins que vous n'écriviez à des amis de votre âge, vos formules, c'est-à-dire la tournure de vos phrases, doivent être très polies et respectueuses, si vous vous adressez à un étranger, ou à des parents, et, dans ce cas, vos lettres seront en même temps affectueuses.

— Mademoiselle, dit Marie, la prochaine fois que j'aurai une lettre à écrire, je vous la montrerai encore, et si vous le voulez bien, vous me donnerez votre avis.

— Très volontiers, mon enfant, et tâche alors de te rappeler tout ce que nous avons dit aujourd'hui. Aie soin surtout, ajouta Mlle Mélin, d'affranchir ta lettre, c'est-à-dire d'y mettre le timbre ; car tu obligerais la personne qui doit la recevoir à payer le double de son port.

— Et ce serait indélicat ? fit Marguerite.

— Sans doute, c'est facile à comprendre.

— Autre chose, encore : n'oubliez pas, quand vous écrivez, de donner bien clairement votre adresse, si elle n'est pas connue de votre correspondant ; autrement comment pourrait-il vous répondre ?

— C'est clair, dit Pierre, maintenant je sais tout ce qu'il faut pour envoyer les lettres ; il me reste seulement le plus difficile, ajouta-t-il en riant, c'est de les bien écrire. »

XXXIX

LA DERNIÈRE RÉUNION

Le jour suivant, comme les enfants se réunissaient autour d'elle, Mlle Mélin les regarda en souriant :

« Nous avons tant causé depuis quelque temps, dit-elle, que vous savez, je crois, tout ce qui peut vous être utile pour bien remplir vos devoirs de société.

« Vous le voyez, ils sont bien faciles, et vous pouvez tous les pratiquer. J'espère que vous n'oublierez pas mes conseils et que nous resterons toujours bons amis.

— Pourrons-nous venir encore, Mademoiselle? demanda la petite Jeanne.

— Certainement, chaque fois que vous le voudrez, et je serai toujours prête à vous raconter des histoires et à vous expliquer ce que vous ne comprendrez pas.

— Merci, Mademoiselle, s'écrièrent tous les enfants.

— Je ne serai plus jamais indiscret, dit Gilbert.

— Et vous n'aurez plus à me gronder pour ma mauvaise tenue, s'écria Philippe.

— Ni moi, dit Aline.

— Ni moi, crièrent avec empressement tous ceux qui avaient eu quelque chose à se reprocher.

— C'est très bien, dit Mlle Mélin ; je vois que vous voulez profiter de mes leçons ; vous êtes de bons enfants, et j'essayerai encore de vous être utile. »

Elle les embrassa, et ils la quittèrent en disant tous :

« Au revoir, Mademoiselle, à bientôt et merci! »

FIN

TABLE

13317. — Tours, impr. Mame.

BIBLIOTHÈQUE

DE LA JEUNESSE CHRÉTIENNE

FORMAT PETIT IN-8°

Aleandro, par E. Bossuat.
Anselme, par Étienne Gervais.
Aventures d'un florin (les), racontées par lui-même.
Bagdad, la Reine du Désert, par W. Herchenbach, traduit avec l'autorisation de l'auteur, par Mlle A. Simons.
Bonnes lectures (les), Souvenirs et récits authentiques, par F. Cassan.
Bouquet de Roses (le), ou Cela vous portera bonheur; nouvelle, par Mme Édouard de Lalaing.
Causeries de Mlle Mélin (les), récits sur les petits devoirs de société, par Marthe Bertin.
Clémentine, ou l'Ange de la réconciliation, par Marie-Ange de T***.
Conseils du père Vincent (les), ou les Bienfaits de l'épargne, par Paul Matrat (Maret).
Corbeille de Fraises (la).
Dessus du Panier (le), par Jean Grange.
Deux Sœurs (les), suivi de Une Aventure en Pologne, imité de l'anglais par Adam de l'Isle.
Directrice de Poste (la).
Dumont d'Urville, par Fr. Joubert.
Éloi, ou le Travail, par Ét. Gervais.
Exilées de la Souabe (les), par Mlle Louise Diard.
Fille du Meunier (la), ou les Suites de l'ambition, par Mlle L. Diard.
Flora Mac-Alpin, épisode de la cour de Jacques VI d'Écosse.
Grand'mère de Gilberte (la), par Mlle des Ages.
Grands agriculteurs modernes (les), par Mme la Cesse Drohojowska.
Grands inventeurs modernes (les), par Mme la Cesse Drohojowska.
Henriette, ou Piété filiale et dévouement fraternel, par Stéphanie Ory.
Héroïne de Taïti (l'), par W. Herchenbach; traduit de l'allemand par A. Simons.
Histoires contemporaines, par Joseph de Margat.
Louise Leclerc, par Marie-Ange de T***.
Marianne, ou le Dévouement.
Marie de Langeville, ou la Résignation chrétienne, par Stéphanie Ory.
Michelle Parvis, ou l'Enfant de la Providence, par E. Y.
Mozart, par Étienne Gervais.
Navigation aérienne (la), par Arthur Mangin.
Petit Charles (le), ou Comment on peut venir en aide à sa mère, par Mygga.
Par-dessus le buisson, par Jean Grange.
Parmentier, par Fr. Joubert.
Proverbes et Nouvelles, par Jean Grange.
Richard-Lenoir, par Fr. Joubert.
Successeurs (les) de sir John Franklin, par Henri Feuilleret.
Térésa, par E. Bossuat.
Trésor de la maison (le), par Maurice Barr.
Triomphe de la vérité (le), imité de l'anglais, par Adam de l'Isle.
Vauquelin, par Fr. Joubert.
Voyages à la recherche de sir John Franklin, par Henri Feuilleret.
Voyage en Islande, par Émile Chevalet.
Vœu exaucé (le), suivi des Deux mariées, par Maurice Barr.

www.ingramcontent.com/pod-product-compliance
Ingram Content Group UK Ltd.
Pitfield, Milton Keynes, MK11 3LW, UK
UKHW022029170726
13837UKWH00001B/492

9 782019 676346